闪闪火花

[英]艾尔·麦克尼科尔 著
李静滢 闻秋洁 译

中国友谊出版公司

图书在版编目（CIP）数据

闪闪火花 /（英）艾尔·麦克尼科尔著；李静滢，
闻秋洁译. -- 北京：中国友谊出版公司，2023.10
ISBN 978-7-5057-5704-2

Ⅰ.①闪… Ⅱ.①艾… ②李… ③闻… Ⅲ.①儿童小
说－长篇小说－英国－现代 Ⅳ.①I561.84

中国国家版本馆CIP数据核字(2023)第147664号

著作权合同登记号 图字：01-2023-3672

Written by Elle McNicoll
Text copyright © Elle McNicoll, 2021
Cover art by © Kay Wilson, 2021
本书中文简体版专有版权经由中华版权代理有限公司授予北京创美时代国际文化传播有限公司。

书名	闪闪火花
作者	[英] 艾尔·麦克尼科尔
译者	李静滢 闻秋洁
出版	中国友谊出版公司
发行	中国友谊出版公司
经销	新华书店
印刷	北京通州皇家印刷厂
规格	880×1230毫米 32开
	6.25印张 106千字
版次	2023年10月第1版
印次	2023年10月第1次印刷
书号	ISBN 978-7-5057-5704-2
定价	42.00元
地址	北京市朝阳区西坝河南里17号楼
邮编	100028
电话	(010) 64678009

如发现图书质量问题，可联系调换。质量投诉电话：(010) 59799930-601

献给妈妈、爸爸和乔希，
以及所有快乐地拍着手的孩子。

第一章

"这字写得太丢人了。"

我听见了这句话,但它们似乎很遥远,就像有人隔着墙喊出来的一样。我继续盯着眼前的这张纸,我能看懂上面的字,就算是泪眼模糊,我也辨认得出上面的每一个字。我能感觉到班上的每一个人都在看着我,包括我最好的朋友,她的新朋友,还有那个新来的女生。一些男生正在哈哈大笑。

我只是继续盯着我的字迹。然而,突然间,它从我眼前消失了。

墨菲老师从我的桌上一把抓起那张纸,猛地把它撕碎。纸张撕裂的声音过于响亮,就在我的耳边轰鸣。我所写的那篇故事里的角色在哀求老师别再撕了,但她并没有停下。她将碎纸揉成一团,然后扔向教室的垃圾桶。她没有命中。我写的故事就这样躺在了脏兮兮的地毯上。

"再也不许这么懒洋洋地写字了!"墨菲老师大喊着。或许她没想喊,但给人的感觉就是在大喊。"你听没听到我说话,艾迪琳?"我更喜欢别人叫我艾迪。"还从来没有像你这样的。这么大的女孩子,怎么还会写出这么丑的字,写得就像婴儿爬。"

我多希望姐姐在这里啊。琪蒂总能帮我说明白我无法控制或解释不了的事情。她明白,她理解。

"回答我,你听明白了吗?"

墨菲老师的声音太大了,之后的瞬间显得异常安静。我颤巍巍地点点头。即使我没听明白,我也知道这时候我就应该点头。

墨菲老师没再说什么。她走到教室前面,不再理我。我能感觉到那个新来的女孩在偷偷地看我,而我的好朋友珍娜正在和她的新朋友埃米莉说悄悄话。

这个学年,原本应该是布莱特老师来给我们当班主任的,放暑假之前她曾和我们有过一次简短的见面。她会在她的名字旁边画上一个带笑脸的小太阳,也会在你紧张的时候牵起你的手。但是她生病了,所以改成由墨菲老师来带我们班。

我本来以为这个新的学年会更好,我也会变得更好。

我拿出了我的袖珍同义词词典,这是琪蒂送我的圣诞节礼物。她知道我是多么喜欢使用不同的词语,我们当时开怀大笑,因为"词典"这个词听起来像"痴癫"。我翻看着不同的词语搭配，想要平复我的心情，忘掉那些喊叫声和纸张撕裂的声音。

我找到了我喜欢的一个词语——Diminished（贬低）。

*

在这样的日子里，我会选择在图书馆度过午休时间。尖锐又刺耳的铃声在学校里响起，我们将椅子摆好离开教室，我觉得班上的其他同学都在看我。巨大的噪音让我头晕目眩，就好像有台钻机在我敏感的神经上突突突地钻孔。穿过走廊时，我努力控制着呼吸，眼睛直视前方。人们和身旁的朋友大声说话。他们离得太近了，打打闹闹，吵吵嚷嚷，这一切都让我头脑发烫，心跳加速。

不过，我终于走到图书馆，世界安静下来了。这里的空间是那么宽敞，一扇窗开着，让室内也能有些新鲜空气。这里不允许大声说话，图书全都分门别类，摆放得整整齐齐。

阿利森老师坐在他的办公桌前。"艾迪！"他和我打了个招呼。

他长着一头卷卷的黑发，戴着一副大大的眼镜，个子高高瘦瘦的，穿着一件旧的套头毛衣。如果要用我词典里的词语来形容阿利森老师，我会说他和善亲切。

但我只想说他很友善，因为他确实如此。我的大脑用非常直观形象的方式看待事物，一切都有特定的图像，每当人们使用"友善"这个词，我就会想起图书管理员阿利森老师。

"我这里有给你的书！"

阿利森老师从来不问无聊的问题，这一点我很喜欢。他不会问我假期过得怎么样，也不会问我的姐姐们过得怎么样。他就这样直截了当地和我谈起了书。

"过来吧。"他走到一张阅读桌前，将一本很大的精装书放在我面前，我觉得先前所有可怕的感觉都消失了。

"鲨鱼！"

我迫不及待地翻开书的第一页，轻触着有光泽的书页。去年，我告诉阿利森老师我爱鲨鱼，它们是我最感兴趣的东西，它们甚至比古埃及人和恐龙更有意思。

他记住了。

"这是一本百科全书，"在我坐下看这本书时，他告诉我，"百科全书这种书，可以告诉你关于一个主题或某个研究领域的很多知识。这一本是关于鲨鱼的。"

我点点头，兴奋得有些不知所措。

"我感觉这本百科全书里的东西你已经全都知道了。"说完，他大笑起来，这让我知道他在开玩笑。

"鲨鱼没有骨头。"我一边和他说,一边摩挲着书上的图片,我知道这是条大青鲨,"而且它们有六种感官,不是五种。它们可以感知大气中的电流,以及来自生命体的电流!它们也能闻到千里之外的血腥味。"

鲨鱼的感官过于灵敏,对它们来说,声音太响亮,感觉太强烈,一切都太过分了,这让它们难以承受。

我翻到另一页,看到一张大图。那是只孤零零的格陵兰鲨,它正在冰冷的海水里独自游弋。

"人类不理解鲨鱼。"我摸了摸图片上格陵兰鲨的鱼鳍,"其实人类讨厌它们,很多人都是这样,他们既害怕鲨鱼,又不理解鲨鱼,所以就试图伤害它们。"

在我阅读第一页时,阿利森老师有一阵子没说话。

"艾迪,你可以把这本书带回家看,看多久都可以。"

我抬头看着他。他的嘴在笑,但是眼里没有笑意。

"谢谢您!"我努力将所有的快乐通过我的声音传达出来,好让他知道我是真心的。他回到了他的书桌前,我沉浸在这本书里。离开那个过于嘈杂、毫不友善的教室之后,阅读是最能让我平静的事情。我可以慢慢来,没有人催促我,也没有人朝我大喊大叫。书里的文字都有它们自己的规则,图片又明亮又富有活力。但它们不会以强力压制我,让我难受。

在晚上尝试入睡的时候,我喜欢畅想自己在冰冷的海浪下潜水,与鲨鱼一起游泳。我们去探索废弃的沉船、水下洞穴和珊瑚礁。这里有各种各样的颜色,但它们处在广阔的空间里。没有人群,没有推搡,没有争抢。我不会夺取它们的背鳍。我会和它们并排游泳。

我们一个字也不用说,我们可以安安静静地待在一起。

第二章

等待姐姐是一天里最漫长的时间。

我放学回到家时,爸爸已经在做饭了。今天是星期一,晚餐是意大利面。我喜欢味道清淡的意面,太浓的酱汁会让我觉得舌头被泡进了酱缸,所以爸爸特地为我熬制了一款白酱,把另外一种酱汁配给其他家庭成员——爸爸、两个姐姐,还有妈妈,她不上班时都会和我们一起吃饭。

"艾迪,饭快好啦。"

爸爸知道尽量不要直接问我问题,因为我需要时间平静下来。这其实是琪蒂发现的,她先告诉了我,然后又告诉了爸爸。从那以后,事情就变得简单起来,我在家也过得更自在了。

我帮着摆放餐具。我们把意面扔向天花板,看它们会不会粘在上面,粘上了就意味着面熟透了。有一根意面掉了下来,爸爸张嘴接住了那根意面，大笑着吃了下去，然后他朝楼上喊起来，让尼娜先放下手头的工作下楼吃饭。尼娜的工作就是对着摄影机与镜头那边的观众对话。爸爸听不到楼上椅子的刮擦声，镜头缩回时的嗡嗡声，还有卧室门关上时的咔嗒声。

但是我能听到。

尼娜是我的另一个姐姐，她总是待在家里，也总是有所希求。我不太确定她想要的是什么，或许是一座不一样的房子，或许是一种更完美的生活，是她在视频里假装过着的那种生活，干干净净、井井有条，玫瑰金一般浪漫而富有的生活吧。尼娜有一头红褐色的头发，不过染成了金色，还有几个勉强可见的耳洞，爱穿格子裙和高领衣服。她的卧室有一台摄影机，被架在高高的三脚架上，还有一些看起来很重要的灯。通过那台摄影机，她和成千上万的人谈论着服饰和化妆。

她会在视频里笑，我在镜头之外从没见过她有那样的笑容。

"今天的视频是关于什么的呢？"

爸爸经常问这个重复了很多次的问题。他将这一行为称作"努力一下"。他说，让别人知道你对他们的生活感兴趣，是很重要的。不过，如果我对某人感兴趣，我会有上百个问题要问，而且每个问题都不重样。

"只是一次问答而已。"尼娜回答着，舀了一点儿意面放到她的盘子里,又淋上些酱汁,这浓重的味道熏到了我的鼻子。"从我不做开箱视频之后,我的浏览量都降了好多。"尼娜说。

妈妈之前说尼娜每个月买一大堆衣服很浪费。当时她们大吵了一架,把门摔得砰砰响,惊得我连手都在发抖。

尼娜起身走向冰箱,拽开冰箱门,抓出一瓶果汁,问:"她在哪儿?"

我发现,尼娜每次提到琪蒂,都会用特定的语气说话。尼娜的声音在我的大脑里可以形象化为两种不同的颜色,一种黑暗,一种明亮。她说到琪蒂时,这两种颜色都会出现,但是我不明白它们是什么意思。

我在等的姐姐不是尼娜,而是琪蒂。

爸爸没回答她的问题,不过我知道她不是在跟我说话,因为她没朝我这边看。我用叉子卷起一根意面,这费了不少时间。

"学校怎么样?"这次我能感觉到尼娜正盯着我的肩膀,所以,我耸了耸肩。她走过来,和我们一起坐在餐桌旁,"艾迪,我在问你问题。"

"尼娜。"

爸爸温柔地制止她。

"不记得了。"我回答。尼娜肯定以为我在说谎,但我没有。只要我一离开学校,在校园里发生的一切就会变得破碎,很难拼凑起来,需要过几天以后,它们才会清晰起来成为回忆。

"你记性很好。"尼娜边对我说边用叉子刮盘子,这让我很不舒服,"如果她说她不记得了,那一定是出了问题。"

她这会儿是在跟爸爸说话。

"你喜欢你的老师吗?"

墨菲老师的形象在我脑海中闪过,她那一口大黄牙,还有长指甲。"她就像琪蒂说的那样。"我说道。

尼娜猛地放下手中的叉子,说:"你看看……你的想法只不过是受到了琪蒂的影响。艾迪,墨菲老师是教过琪蒂,可那是很久以前的事了,你这才一个多星期,不可能了解她是什么样的人。"

"那你为什么要问我?"

我不太明白尼娜,她想从我们的谈话里知道一些我不知道该怎么告诉她的东西。有时候我会看她录视频,她对那些看她视频的人说话,样子就好像她深爱着他们一样。在我周六进行治疗的时候,医生会把一些照片放在我面前,照片上的人有不同的面孔。嗯,好吧,是有不同的表情,医生总是这样纠正我的说法。但是照片里的人确实有不同的面孔。医生会让我告诉他这些人的感受,但是我不知道要怎么做,不知道要怎么去区分、了解他们到底发生了什么。

不过，通过练习，我能更好地区分人的表情了。我观察着尼娜，她会看着摄影机，笑得那么灿烂。她很开心，爱着那些听她说话的对象，但是他们过去、现在，都只是陌生人，她甚至连这些人的脸都看不到。我是她妹妹，但是她看着我时，脸上的表情我却看不懂。

我从来搞不懂尼娜想要的是什么。

这时我听到厨房的大窗户上有轻轻的敲击声。还没等爸爸和尼娜注意到，我就已经从座位上跳下来，飞奔过去，打开了那扇窗。甚至在敲击声响起之前，我就听到了她的指关节擦过玻璃的声音。

琪蒂来了。

她从窗户爬过来钻进厨房。我抱了抱她。她是我唯一拥抱过的人，她从来不会把我抱得太紧，也从来不会绷紧身体。她不用浓烈的香水，那种味道会刺痛我的鼻子。她只用温和的肥皂，闻起来有一股家的味道。

"你好呀，我最爱的人。"她的声音只有一种颜色，是美丽的熔金色。

我倚靠在她的肋骨处，笑了出来。她不会问我问题，我想放开时她就会放开手。

"尼娜，我可能会从大学退学，跟你一样开启网红事业了。"

琪蒂坐到我旁边的椅子上，开始吃剩下的意大利面。"我受不了班上的人，而且教室也非常糟糕。"

"很有意思。"尼娜讽刺地说道，接着却又轻轻地笑了，"教室有什么问题？"

琪蒂看着我咧嘴一笑，我本能地回了她一个笑。"糟糕的灯光。"她说道。

我点点头，表示完全理解。

"哦，我明白了。"尼娜又喝了几口果汁，"又是你们两个之间的小秘密。"

糟糕的灯光就是那种非常明亮的灯光，会让我们这种人觉得头疼。这样的灯光伤害着我们的眼睛——是一种视觉上的吵闹。

琪蒂和尼娜是双胞胎，但是她和尼娜不一样。她和我一样。她自闭，我也是。

*

晚饭后，我和琪蒂沿着利斯河散步，鞋子踩在通向泥泞河岸的碎石小路上，嘎吱作响，我们很喜欢这种声音。我伸手去摸树上的一片树叶，它很快就会变成另一种颜色，然后凋零死亡。在妈妈第一次告诉我这是树叶的命运时，我号啕大哭，但她解释说这是好事，也是正常现象。她说，树叶死亡的时候不会疼。

"墨菲老师今天冲我大吼大叫了。"我踢中了一块石头，它飞到空中，然后落入流水里。"因为我的字写得很丑。"我说。

琪蒂停下脚步看着我。我知道我脸上的表情对她来说很难看懂。我们走上横跨河流的桥，我准备把手里的一把小树枝从桥上扔下去。

"艾迪，她不应该这样做。"

"她没看我写的故事，她说她看不懂我的字。"

"这是因为你的运动技能。"琪蒂停下来，轻轻拉着我的手。

"运动技能是什么？"

"我们的大脑会给手发射信号，告诉手要做些什么。"她的手指从我的手指滑到我的手掌，然后到达我的太阳穴。"当你……与众不同，你的处理过程就有些独特。手很难完全按照大脑的指令去工作。它们忙着把字写正确，把顺序写对，所以没有时间让字变得更好看。"

"好吧。"我停下脚步，慢慢思考着琪蒂的话。

"我的字也很丑，"她轻轻推了推我，笑了起来，"所以尼娜才不让我在我们两个的圣诞贺卡上签名呀。"

我笑了，我想起去年十二月的时候，尼娜坐在壁炉旁边，所有的节日贺卡都摊在她面前。她全程完成得非常严肃认真，就连包装贺卡时都不例外。

"我在大学里用的是笔记本电脑,"琪蒂补充说,"这让我轻松多了。"

我轻咬着下嘴唇:"我觉得墨菲老师不会喜欢笔记本电脑的。"

"是,她不会喜欢,"琪蒂叹了口气,"如果我没记错,她讨厌任何可能真正帮助到别人的东西。"

"今年我们班有个新来的女孩。"我换了个话题,妈妈说过,如果同一个话题里没有别的话想说,那就换一个话题,"她来自伦敦。"

"多好呀!"

"我觉得她现在还没有朋友。"

"啊,"琪蒂示意我可以开始扔小树枝了,"也许你可以和她做朋友。"

"如果她喜欢图书馆。"我一边说一边扔下第一根小树枝,看着它落水时溅起的水花,"如果那样就好了。"

"那珍娜呢?"琪蒂问道。

"她现在和埃米莉是同桌,我觉得埃米莉不喜欢我。"我可以对琪蒂说这些话,但如果我这样告诉妈妈或者尼娜,她们就会说我太傻了,会说我应该直接和她们坐在一起吃午饭,和她们两个人做朋友。

她们会说：只要友善待人，把她当朋友就可以了，她当然也想成为你的朋友。

但琪蒂知道，事情没那么简单。第一印象是非常可怕的，结交新朋友也不那么容易。我能听到埃米莉的窃窃私语，看到她凝视的目光，还有咯咯笑。我也知道那些可不是什么好东西。

"好吧，那你更应该和这个新来的女孩子做朋友了。"琪蒂说。

我点了点头。最近几年，有些事情与以前不同了。以前，在操场上走到另一个人身边邀对方一起玩耍，是很容易的事情。但是现在，她们分成了小团体，喜欢在一起聊天而不是玩耍。

我怀念玩耍的日子。

"你知道吗？"琪蒂把她的金色头发别到耳后，"我没有跟大学里的任何人说过我自闭。"

我抬头看着她。她个子是那么高，我感觉她的腿比我的身体还要长，我总是要仰视她，"为什么不说呢？"

琪蒂从来不怕向别人提起她自闭。就像爸爸说的那样，她又高调又骄傲。她被诊断为自闭症时大概九岁或十岁，我差不多也是这个年龄确诊的。妈妈说，尼娜是按照预期正常长大的，走路和讲话学得很快，大多数食物她都爱吃，在学校表现得很好。但是琪蒂五岁才开口说话，妈妈开玩笑说，那是因为琪蒂觉得没什么好说的。琪蒂小时候会和别的孩子扭打到一起,还会和老师打架,她很难控制情绪,只有在感兴趣的时候才会参加学校活动。妈妈说,她有时候会接到学校的电话,说琪蒂在上数学课时走出了教室。

我有琪蒂,她能给我解释所有的事情,告诉我为什么我的字写得不好,为什么巨大的噪音和明亮的颜色会让我想发火。

可这些事情,当年没有人能告诉琪蒂。

"艾迪,大多数人还是不明白的。"

"但是,"我突然有种自我刺激的冲动,这样的对话让我感觉太沉重了,"无时无刻不在伪装不是更难吗?"

每当我不知所措,我都会做出一些自我刺激的事。我会搓手、拍手或胳膊,腿也会躁动不安,有时候我还有种冲动,想要拍拍后脑勺。自我刺激行为有的好,也有的不好,但很多时候我都得把它藏起来。如果我们想扮演一个与我们不同的神经正常的人,我们就必须伪装。我们必须忽略自我刺激和自我安抚的需要,必须进行坚定的眼神对视。琪蒂跟我说,这就像超级英雄一样,他们也不得不假装自己是普通人。

"啊,我现在伪装得很不错啦!"琪蒂冲我眨眨眼。她那双绿色的大眼睛焕发着光彩,但那种眼神我很难读懂。

人不像书籍。一本熟悉的书总是原来的样子,总有同样不变的文字和图片,总能抚慰人心。一个熟悉的人,无论读多少次,都可能是全新的、有挑战性的。

在我们回家的路上,琪蒂停下来问我:"想从山上跑下去吗?"

"想!"我喊道。

于是,我们跑了起来。我的手自由又快乐地舞动着,我可以自我刺激了,没有任何人会来阻止我。琪蒂高兴地叫着唱着。我们跑到了山脚,气喘吁吁,兴奋不已。琪蒂从背后给了我一个无比迅速的拥抱,我们在九月的暮色中走回了家。

第三章

"嗨,珍娜。"

大家都在教室外面等着进去,所以我决定去找珍娜。我们从幼儿园开始就是朋友,她甚至曾在我家过夜。但是这一整个暑假我都没有见过她,这学期开学以后,她无时无刻不和埃米莉待在一起。

"嗨,艾迪。"

她避开了我的目光。我不在意,因为我有时候也不喜欢看着别人,尤其是在我想说些重要的话时,我特别不喜欢直视别人。不过,埃米莉正上下打量着我,她肯定知道我留意到了她的眼神,然后她挽起了珍娜的手臂。

"我们能帮你什么吗?"埃米莉缓慢又大声地说着,头歪向一边,就像一只德国牧羊犬。我不知道她为什么对我说话总这么慢,其实我更喜欢说话速度快一点。

"今天你们要不要和我一起在草地上吃午饭?"

我问的是她们两个,尽管我和埃米莉不熟。

操场不算很大,男生们踢足球占了很大地方,不过自行车棚旁边有一片草地,那里更安静,更让人放松。

"唔。"珍娜看了眼埃米莉,不安地将身体的重心挪到另一只脚上。

"不,"埃米莉露出了恶意的笑容,替她回答道,"她不想。她不想和你一起吃午饭,艾迪。没有人想跟你一起吃饭。"

"我想。"

我们三个都转过身。奥黛丽,那个新来的女孩,就站在几米远的地方,显然听到了整个对话。在我们这个年龄段,她的个子算是很高的,就跟琪蒂一样,她还有一头黑发和一双深色的眼睛。

"呃,"埃米莉转向奥黛丽,她现在不像刚才那么自信了,"没有人问你,没有人跟你说话。"

"嗯,你说得对。"奥黛丽回答着,从埃米莉身边走过,上下打量着她——就像埃米莉对我所做的一样,"没有人在说话。"

上课铃响了,奥黛丽走进教室,珍娜终于从喉咙里挤出一点声音:"小莉,她说你不是人。"

埃米莉整张脸涨得通红,我有点儿同情她了。每次我为不太熟悉的人感到抱歉或难过时,我都不知道该对他们说什么。

所以我就从她们两个身边悄悄溜过,走进了教室。在我走过去时,奥黛丽抬起头冲我点了点。我不知道该怎么办,所以我也点头回应。

每个人都飞速回到座位上,墨菲老师端着一杯热茶进来了。我看到她吞了一大口热茶,然后打了个哆嗦。热饮对我的舌头来说是噩梦一样的存在,太烫了,而且口感也会改变。

"我想我们今天会很开心,"墨菲老师倚在讲台上跟我们说,"在万圣节来临前,我们要安排一个很棒的活动。不知道你们还记不记得,上周我说过我们要学习爱丁堡古城的历史,因为我们是这座美好城市里自豪的居民。"

我不太理解这个村子的人。我们住在离爱丁堡很远的地方,但是所有人都坚持假装离得不远。尼娜也是这样。她跟她的粉丝们说,她住在爱丁堡城的一栋联排别墅里。实际上,我们一家五口住在朱尼珀村的一座半独立式住宅里,里面只有一个卫生间。不过,朱尼珀是个非常漂亮的村庄,很小,有几所房子,一个教堂,我们的学校,一家超市,一位牙医,一位医生,一家殡仪馆,还有一家银行。

我不明白为什么所有人都迫切希望自己来自爱丁堡,除了我。

"现在，你们谁能告诉我，"墨菲老师停顿了一下，眼神定定地环视着教室，"古时候的爱丁堡，什么东西会被投进诺尔湖里？"

我知道爱丁堡的王子街花园以前曾是个湖，但这是我第一次听到投湖这回事。

看来也不是只有我不知道，没有人回答墨菲老师的问题。

"珍娜？"

珍娜这会儿正和埃米莉窃窃私语，听到老师点名，她像一只受惊的兔子一样抬起头，"唔……"

"噢，没关系。"墨菲老师走到黑板前开始画画。她画了一个女人，当她开始给女人加上一顶尖尖的帽子时，班里很多人都在大喊："女巫！"

"是的！古时候的爱丁堡，还有苏格兰和世界上的很多地方，你都有可能因为是女巫而被审判和处死。"

我盯着墨菲老师，感觉教室里的空气都消失了。我看向周围的同学们，他们看起来都很有兴致。我觉得我的整个世界都被震得天翻地覆。女巫！真正的女巫！在这里，在苏格兰，这太刺激、太惊奇了，不可能是真的。

我还没意识到自己在做什么，就已经站了起来。"是真的女巫吗，老师？"我哀求地看着她，渴望能听到更多关于女巫的事情。

"艾迪琳,坐下。"

"当然不是真正的女巫啦,笨蛋!"埃米莉倚在她的桌子上瞪着我,大声说道。

墨菲老师曾经训斥过一个男孩,因为他说另一个男孩子是"笨蛋",但是她这次没有斥责埃米莉。

"埃米莉说得对。"墨菲老师继续讲课,我颤颤巍巍地坐了下来,"她们当然不可能是真正的女巫,世界上不存在真的女巫。"

"那她们为什么会被审判和处死呢?"我不假思索地问出了这个问题,我身上的每根神经都活跃起来,迫不及待地想知道一切。如果我对一个话题感兴趣,我必须马上知道它的一切,我实在是忍不住,我想了解的信息好像总是来得不够快。

"艾迪琳,我不允许你这样大喊大叫,"墨菲老师厉声说着,"安静!"

我的手扭在一起。她解释得太慢了,根本满足不了我现在紧绷的神经。

"人们可能会因为各种各样的原因被指控成带有巫术的人,像左撇子这样的小事也足以引起怀疑。这里有人是左撇子吗?"

奥黛丽,那个新来的女孩,举起了手。

"那你,"墨菲老师用笔指着奥黛丽,"可能会被指控为女巫,我的姑娘。"

奥黛丽看起来对这个说法不为所动。

我有上千个迫切要问的问题,我在椅子上扭来扭去,想要将这些问题都压下去。

"据说女巫会被投进诺尔湖。她们的大拇指和脚趾会被绑在一起,然后被扔进水里!如果她们浮在水上,她们就犯了巫术罪。如果她们沉下去淹死了,她们就是无辜的。有罪的女巫被人从诺尔湖带走,送到城堡山烧死或绞死。"

"但是她们不会赢啊!"墨菲老师又被我打断了。她翻了个白眼,但我还是继续说道:"那样的话她们不可能活下来。"

"是不可能,"墨菲老师承认说,"这种审判人的方式确实是耍阴谋。"

我很……生气。这件事情的不公平像一块石头一样,沉沉地坠在我的心里。我在想,那些女人被扔进冰冷的水里,该是多么害怕、多么孤独啊。无情的扑通声,漂上水面的可能性,面临更多痛苦的可能性。

"有些人甚至会遭受折磨。而且,在苏格兰,一些因巫术而受审的女性就来自我们这个村子!"

我环顾四周,看向其他人。平时,我很难看明白他们的表情,但现在我不明白的是,为什么他们没有像我一样觉得痛苦。我的手颤抖着,它们迫切需要做些什么,于是我紧紧地抓住我的词典，让我的双手有东西可握。

"在这个村子里，如果女性想要安全，唯一的方法就是尽可能不引人注意。"

"这是什么意思呀？"埃米莉问道。

我想告诉她，意思就是要做一个普普通通、毫无特点的人，但我什么都没说。我受到的刺激太多了。我只想拔腿跑到图书馆，尽可能多地阅读这方面的资料，然后冲出学校，跑去找琪蒂。

"是啊，确实，"墨菲老师对我们假笑着说，"与众不同就意味着，你有可能会被审判而且被判有罪。"

"那艾迪就会被烧死。"埃米莉窃笑着说。

班上的其他同学笑了起来，墨菲老师也在笑。我几乎听不到他们的声音，我正想着我准备要看的书。

"老师，在朱尼珀有很多女性因为这个原因死去了吗？"我踌躇地站起来，问道。我感到自己在座椅上方徘徊，整个人仿佛飘了起来。

"确切的数字不太清楚，"墨菲老师回答道，脸上的笑容消失了，"但是记录显示，至少有五十个人，不过不只是朱尼珀村的，也有周围村庄的人。"

我突然想起一场发生在通往朱尼珀主干道上的车祸，人们留下了遇难者的照片和鲜花。一年过去了，照片和花还在那里。

我还想到了战争纪念碑，那上面有我曾祖父的名字，这是我对他唯一的印象。一幕幕画面以最快的速度在我的大脑中闪过，最终构成了一个问题。

"有没有一个……"我的大脑迅速地找到了一个合适的词，"朱尼珀女巫纪念物？"

"当然没有，"墨菲老师摇摇头，用严厉的目光紧盯着我，"那多浪费时间。"

"但是如果这么多女性被杀了……"

"够了。你今天已经扰乱课堂很多次了。"

墨菲老师还在继续上课，但是我的思绪已经飘向了图书馆。我能感觉到奥黛丽正在看着我，午餐的铃声响起时，她还在看着我，然后，我飞速离开了座位。

*

"怎么了，艾迪，你的脸看起来有点儿红？"

"没什么，"我一冲进图书馆就对阿利森老师说，"我需要所有关于女巫的书，拜托了。"

"所有的？"阿利森老师笑了。他双手交叉抱在胸前，走向图书馆的故事角。

"不！不是小说。"我急匆匆地站到了他的身边，补充道，"是课本,关于苏格兰女巫审判的参考书。"

"噢,我明白了。"他说着,同时退后一步,打量着整个图书馆。"我想我能给你找到几本。墨菲老师把女巫的事情全部告诉你们了吗?"

"不是全部,"我沮丧地承认道,"只有一点点。"

"如果我对你的了解没有错,"阿利森老师一边说一边从书架上挑出一本很厚的参考书,"在你完全搞明白这件事之前,你是不会开心的。"

我让阿利森老师把选好的书都递给我,然后走向一张桌子。阿利森老师从来都不会取笑我的行为,他不会朝我翻白眼,也不会质疑我。他理解我。

在我摊开新到手的书时,他问我:"鲨鱼了解得怎么样了?"

"很好。"我将我的饭盒放到桌子上,回答说,"大白鲨不能在圈养的环境里生存,一旦被圈养,它们几乎是瞬间死亡。"

"噢,"阿利森老师轻轻地皱着眉头,"那可不太好。"

"其实不是的,"我告诉他,"这会让人类不再捕捉它们,于是它们就可以获得自由了。"

"我想,被圈养起来是没什么乐趣的。"

我摇了摇头,"一点乐趣都没有。"

"艾迪,你要记得吃午餐。"

有时候我看书太专注，会忘了吃饭。阿利森老师显然注意到了这一点。

只要我保持整洁，阿利森老师就不会介意我在图书馆吃午餐，所以我小心翼翼地吃着鸡肉蛋黄酱黑面包三明治，一边翻着书，这本书是爱丁堡的一位亲历者写的。我正读着其中一个章节，另一个饭盒落在我旁边，一个人出现在我的眼前。

是奥黛丽。

"你是在查阅关于女巫审判的资料吗？"她问道，听起来好像真的很想知道的样子。不过，有时候其他孩子说话听起来也很友善，实际上却很刻薄。所以我非常谨慎。

"是的，"我回答着，"墨菲老师说得还不够多，我想搞明白这件事。"

"他们在教室里说了那些糟糕的话，我觉得很抱歉。"

她的口音和我们所有的人都不一样，没有那么尖锐刺耳，但听起来也不像电视里播新闻的英格兰人。

我挥了挥手，示意她不用道歉，"没事的，他们经常说那样的话。"

我匆匆翻过这一页，如饥似渴地读着下一页。

"我能帮你一起研究吗？"

我抬起头，试着看懂她的表情。我的大脑这会儿有些狂乱，没办法做到恰当的伪装,没办法伪装得恰如其分。但她看起来是出于好心。"好吧。"

她笑了,打开了她的饭盒,把椅子挪得离我更近,方便我们一起看书。我们坐在一起,安静地看着书。

第四章

"我们到底为什么会在这里?"

我和爸爸妈妈,还有琪蒂,一起坐在朱尼珀礼堂的第三排,村民们正排着队缓慢有序地进场,准备参加一个月两次的村委会会议。我跟家里人谎报了会议开始的时间,这样我们就可以早点儿到,爸爸妈妈对此并没有在意。

尼娜刚到,她的脸几乎完全被针织围巾遮住了。她的眼神看起来很困惑,有些不情愿地拖着脚走到第三排,坐到琪蒂的旁边。

"我们之所以在这里,"琪蒂回答她,"是因为艾迪想向村委会提出一些建议。"

尼娜看着我,然后斜着身子看向坐在我另一边的爸爸妈妈,问道:"什么?"

"不要问我们。"妈妈说道。她刚结束护理工作轮班,很疲惫,正努力忍着不打哈欠,"艾迪不肯告诉我们。晚饭后我们就都到这里来了。"

我看到村委会委员们有的正在找位置入座,有的看着手表确认时间,还有的在互相握手。委员一共有五男一女,都是我爷爷奶奶那样的年纪。

"艾迪!"尼娜用一种大人的腔调和我说道,"这不会是什么傻事,是吧?"

"不会比对着摄影机谈化妆更傻。"琪蒂轻声说着,没有看我们两个人。

我非常敏锐地捕捉到,尼娜在翻白眼之前,脸上闪过了一丝受伤的表情。我为她感到难过,我不觉得她拍视频很傻,我认为她很擅长这个,而且好像能让很多人感到快乐。

"这不傻,尼娜。"我这样说时尽量让声音听起来平静一些。

"这完全就是妈妈和我在漫长的一天工作后想做的事。"爸爸开玩笑说。妈妈笑了起来。虽然我很紧张,但我也笑了一下。

最后一位来参加会议的村民坐好之后,麦金托什先生坐到了他的位置上,就在会议桌的最前面。我不知道其他村委会委员的名字,我只认识麦金托什先生,因为他在学校工作。

会议开始了。让我有点儿沮丧的是，不知道还有多久才能进入"新提议"环节。委员们讨论了公共汽车时间表的变更，讨论了道路施工计划，最后麦金托什先生终于把发言的机会让给了村民们，让给了我。

几只手立刻举了起来，其中就有我的手，其他村民的叹息声在礼堂里传了开来。不过，麦金托什先生很高兴看到有这么多人想要发言，他直接让前排的丽莎·麦克拉伦第一个发言。她是三个孩子的母亲，住在离我们家四户远的地方，她站了起来，好像承担着重要使命一般。

"公园需要对年轻人实施宵禁！"

这一开场白引来了困惑不解的喃喃低语，我还听到琪蒂长长地叹了一口气。我瞥了她一眼，被她的表情逗笑了，她这会儿正在对眼，假装自己就要从椅子上滑下去。尼娜扯住她的手肘，看了她一眼。

"他们在公园里闲逛，"丽莎自顾自地继续说着，"他们抽烟，引发火灾，他们声音很大，而且非常有威胁性。我建议公园实行宵禁，禁止十到十八岁的年轻人晚上在公园聚集。"

"那又怎样？"尼娜还没来得及阻止，琪蒂就已经喊了出来，"你是想在秋千上都安排个保安吗？"

妈妈和尼娜都用嘘声想让她安静下来，我和爸爸都笑了，

031

有些人不赞同地向我们看过来。

"对那些闲逛的人或形迹可疑的人,公园管理员应该有权报警。"丽莎继续说道,她没有理会琪蒂,而是用鹰一样锐利的眼神俯视着参会的人群。

"丽莎,除非孩子们明确地违犯了法律,否则我们不能带走他们。"麦金托什先生说,他看起来有些不自在,"当然,我们可以在天黑之后加强对公园的巡逻。下一位?"

建议不被采纳,丽莎带着极度不满的神情坐了下来。莱尔德先生紧接着站了起来,眼神有些狂野,胡子乱颤。

"鹅!"他咆哮道,"朱尼珀池塘里的鹅,是魔鬼。"

一些人发出了抱怨,但也有一些赞成的声音。

"那您建议我们怎么处置这些鹅呢?"麦金托什先生问道,听起来就和我妈妈一样疲惫。

"吃掉它们!"

"不可以。下一位?"

村牧师开始大声朗读他在纸上事先写好的请求。他友善地向参加星期四写生绘画课的模特们提出建议,希望模特们可以等其他到教堂的人都离开后再脱衣服。

"好呀,那就叫他把暖气打开啊。"有人在后排抱怨着。

弗拉哈迪老太太要求将村里唯一的公共汽车站移到离银行

更远的地方,然后,大厅里的村民们突然安静下来。

琪蒂用胳膊肘推了推我,我抓住了这个安静的时刻,跳起来说:"村子里应该有一个新的纪念物。"

麦金托什疲惫不堪地闭上了眼睛,片刻之后,他示意我继续说下去。

"这个村子,"我意识到屋子里的所有人都在看着我,听我说话,但是现在已经来不及停下了,"比苏格兰低地的其他地方,处死了更多'女巫',她们因所谓的巫术罪行而被处死。数不清的女性遭到折磨,蒙冤而死,没有得到哪怕一丝一毫公平公正的审判。没有葬礼。没人纪念。"

一片沉默。我口干舌燥。

"那你想要的到底是什么?"一位委员问道,我判断不出他语气中的色彩。

"一个纪念物。可以是一块饰板或一座雕像,用来纪念被不公地处死的人。"

更长久的沉默,然后是一阵低低的交谈声。

"我觉得,"麦金托什先生终于说话了,但是他没有看着我,"给女巫建立纪念物对村子来说不是件好事。朱尼珀是有机会成为一个旅游景点的,小姑娘,我们不希望发生任何可能损害村庄声誉的事情。"

"开什么玩笑？"琪蒂突然站到我身边，说话声音响亮又清晰，"人们都对女巫感兴趣！而且，我们村子可以有更多为自己代言的东西。公园边上就有块饰板，上面写着邦尼王子查理和他的士兵骑马经过此处。哦，其实写的只是他可能经过了这里。如果那也值得一块该死的饰板，值得人们总把它挂在嘴边，那为什么女巫不可以呢？"

"邦尼王子查理确实来过这里！"后排有人叫嚷着，听起来好像受到了很大冒犯。

"哦？是吗？当时你也在场吗？"琪蒂回过头冲着他喊。

妈妈和尼娜都在生气地低声叫着，让她回来坐下。

"我……"我的嗓子干燥沙哑，神经紧绷，让我很难开口说话，"我想这是件好事，先生。如果……如果我是那些女巫中的一个，我会希望有人能记住我。"

琪蒂轻轻地捏了捏我的手。

"对不起，小姑娘。"麦金托什先生摇摇头，说，"很高兴看到一位年轻人如此积极地参与政治活动，但是这次大会对此的讨论结果是'不'。"

我面前的另一扇门，本来是微微敞开着的，现在它被关上了。

*

会议结束后,我们回到家,爸爸对我说:"艾迪,尽力而为很重要,就算得到的回答是'不'。"

我没有说话。

"噢,小艾,"妈妈摸着我的头发,"别难过,你可以过几周再试试。"

"她不是难过,"琪蒂说着,把她的外套挂起来,"她屈服了,在这个地方一直被当作烂泥对待后,这种情况就会发生。"

"喂!"妈妈的语调阴沉而狂暴,"够了,不要再说了。"

"是真的。"琪蒂说道。现在她的脸就像一本打开的书,我可以看懂,她又愤怒又难过。"这个村子还停留在黑暗时代。"她转身对我说,"艾迪,我觉得你很棒。就算那些恼人的灯光闪得让人发狂,你还是能那么冷静,伪装得那么好。"

琪蒂当然留意到了,晚上快散场的时候,天花板上的一盏灯时亮时灭,每一次闪烁都刺痛我的眼睛,让我的神经冒火。这对周围的人都没什么,但对我来说,就好像有针在扎我的眼皮。

妈妈和爸爸去客厅坐下喝酒了,琪蒂去洗澡。我正走上楼时,尼娜叫住我，我转过身。

"你想在我的视频里出镜吗？"

这是我从来没想过的。尼娜录制的是关于化妆和发型的视频，是我可能永远都不会感兴趣的东西，但是她这次看起来这么诚恳，我不想拒绝。

"好吧。"

我们坐在她的摄影机前。她像对待朋友一样朝着它说话，她介绍了我。

"这是我的小妹妹，艾迪。她是自闭者，而且对美不太感兴趣。"她对着镜头做了一个夸张的表情，不过我不知道是什么意思。"所以我今天要给她上一堂小小的速成课。"

她把自己的椅子挪得离我近了一点，然后抓起一把梳子。

"我只是要快速地给你做个发型，所以不需要化妆。"她说。

和她的头发一样，我的头发很长。按妈妈的话说，我的头发是浅棕色带点金色。尼娜梳头的速度很快，但很轻柔。我讨厌洗头和梳头，已经很长时间了，我讨厌那种感觉。爸爸妈妈不知道该怎么办，不过，尼娜一直很会打理头发，她每周会仔细地给我洗两次头发，然后把它们编成两个法式辫子。

她是唯一知道要怎么打理我头发的人。

"你想和观众们谈谈你的自闭吗，艾迪？"她问我。

"唔,"我瞥了一眼镜头,"不太想。"

"好吧。"她叹了口气,"那我们就从化妆品开始吧……"

"尼娜?"

"什么事?"

"你觉得琪蒂还好吗?"

尼娜重重地叹了口气,"我的视频得把这些内容都剪掉删除了,艾迪,试着谈谈我们正在做的事情好吗?"

"但是,你觉得琪蒂还好吗?"

"上大学是巨大的变化,"她承认道,同时整理着化妆刷,"她只是会更累一点儿,更难熬一点儿。"

"这就是你决定不上大学的原因吗?"

她拿着许多小瓶遮瑕膏,犹豫不决地挑选着,"唔,我做这个是为了工作,艾迪。"

每当有人说她拍视频不是一份真正的工作时,尼娜都会真心不高兴,所以我没有再说什么。她深吸了一口气,然后脸上又一次呈现出灿烂而又幸福的笑容。

"我准备取一些遮瑕,然后涂到艾迪的眼睛下方。"

她开始给我化妆。

她一边给我的眼皮和脸颊涂颜色,一边跟镜头和我说话。这太糟糕了,我感觉很不舒服,就像往脸上涂染料。但是她离我那么近,而且此时的她如此平静,如此美好,我不想破坏这一切,所以我坐着不动,任由她折腾我的脸。

她愿意靠近我,我很开心,所以她想做什么都可以。

第五章

我满脑子都是女巫的事情。

我走在朱尼珀的树林里,假装自己有魔法,对着树和水施展法术。我的大耳机里播放着音乐,而我就在树木间迅速旋转,兴奋不已。不知道有没有女巫走过这条小路,她们有没有试着跑进树林躲避追捕。

琪蒂大笑着走在我后面。我假装对她施了一个咒语,然后她就倒在了泥泞的小路上。我高兴地尖叫起来。

她站起来,我们沿着小路走呀走,我的耳机搭在肩膀上。

"你完全没有跟大学里的人说过你自闭吗?"

"唔,"琪蒂抽了抽鼻子,欣赏着我们头顶的树,"还没有,我觉得没有必要。"

"但你总是说,要对我们自身的状况保持开放和骄傲的心态,这是很重要的。"

"我很骄傲,"琪蒂说,我看得出她在组织自己的语言,"但是,艾迪,我在学校的日子不好过。有时候我会被人欺负,这些时候就很艰难。"

"大学里也有欺负人的坏蛋吗?"

"嗯,算是吧。"她从树上摘下一片叶子,包在手心,"欺凌者不会在小学毕业后就消失,艾迪。大人也会欺负人。"

我最早的一段记忆定格在我四岁的时候,当时我们有一个很坏的育儿保姆。妈妈和爸爸的上班时间不一样,所以有些晚上克雷格太太就会来家里照顾我们。妈妈说,选择克雷格太太是因为她有做社工的经验。

那时候琪蒂的年龄和我现在一样大,她过得很不好。一点小事就可能引起她的恐慌和崩溃。妈妈一离开家去上班,克雷格太太就会性情大变,她会冲着琪蒂说的每一句话咆哮,骂她是个被宠坏的小孩。有一天晚上,琪蒂对克雷格太太做的晚餐很不满意,我记得我也不喜欢,甚至就连从不让大人不高兴的尼娜也吃得很艰难。

琪蒂终于再也吃不下去时,克雷格太太也失控了,她把盘子扔掉,猛扑向琪蒂。

然后,姐姐突然精神崩溃了。

她号叫起来。我一直记得那个声音,她又哭又叫,还不停地敲打自己的脑袋,就像要将所有听到的可怕的辱骂全都从脑子里敲出去。克雷格太太突然出击,一边不停地咒骂着琪蒂,一边用自己庞大的身躯压住琪蒂,把她的手腕按在地上,猛打她的脸。

"住手!"尼娜大喊着,我从来没见她这么害怕过。那么久以前发生的事情往往是很难回忆起来的,但这件事在我的脑海里就像电影场景一样清晰。我清楚地记得这种感觉,清楚地记得琪蒂脸上因痛苦和恐惧而扭曲的表情。

"马上停下来,你这个小畜生!"克雷格太太嘶吼着,但是她看起来并不生气,反而好像在享受这件事。

我能回想起当时那种红色的情绪。一股热流在我体内涌动,我的心脏痛苦地咚咚狂跳。

我朝克雷格太太飞去。

我整个身子像小火车一样撞向她的后背,我用牙齿咬住她肥厚的肩膀。她猛地尖叫,放开了琪蒂,想要挣脱我。琪蒂在抽泣,整个身体都跟着抽搐。

琪蒂和尼娜说,如果我们的邻居杰基那时没有来砸门,她们不知道还会发生些什么。爸爸妈妈已经接到电话通知,在赶回来的路上了,杰基一直盯着克雷格太太。

爸爸妈妈一到家,我就被带离了现场。我记得当时有喊叫声,但是尼娜捂住了我的耳朵。她和我一起躺在床上,低声地说着些废话,想要分散我的注意力。

琪蒂好几天都没离开自己的房间。

现在,我抬头看着我的姐姐,她是那么美丽,她的头发又长又好看,充满魔力,秋日的阳光洒落,映在她金黄色的发丝上。她是我可以信赖的姐姐。我没办法将那个瑟瑟发抖的孩子和眼前这个充满自信的人联系起来。

我知道,如果有人想伤害琪蒂,就算是现在,我可能还是会去咬他们。

"跟我再多说说女巫的事情吧。"

她知道,如果想转移我的注意力,让我开始谈论我所痴迷的事物是个好方法。

"我在书里读到了一个女巫的事,她来自朱尼珀,名叫麦琪,"我抓起一片树叶攥在手里,对琪蒂说,"人们说她嫁给了魔鬼。"

听到这里,琪蒂大笑起来,"魔鬼在苏格兰做什么呢?如果是我的话,我会觉得苏格兰太冷了。"

"他们都在编造谎言,想要找个好理由,将她们判定成女巫。"我痛苦地说。

"我知道,"琪蒂说,"总是这样。"

"我觉得那时候的麦琪不知道说什么才是对的,"我告诉姐姐,"书里没有太多关于她的描写,但他们最终逼迫她承认自己是个女巫。尽管她不是。"

琪蒂温柔地对着我笑道:"那真很悲哀啊,小朋友。麦琪真可怜。"

"埃米莉说我会被当成女巫烧死。"我突然吐露了这件事。

"唔,你知道吗?"琪蒂一字一句地说,"我觉得埃米莉是个讨厌鬼,我不知道珍娜看上她什么了。"

"我想,应该是因为她比我更像个女孩子吧,"我说,"她们互相编头发,涂指甲,还有其他一些女孩子的事情。"我把手中的叶子揉成一团,继续说:"我不会涂指甲。珍娜来家里过夜时让我试了一下,结果我搞得一团糟。"

"珍娜想没想过要去做你想做的事?"

我想了想,说:"我不知道。她要我做什么我就做什么。"

琪蒂让我停下脚步,指着小路尽头的一棵老树,它就稳稳地立在河上那座桥旁边。"看到那棵树了吗?"她问我。

"看到了。"

"有些人就像树。风会一直吹啊吹,但它们永远不会动摇。它们会一直在那里。"

我抬头看着琪蒂。她笑着,朝我手里的叶子点头示意。

"张开手。"

我张开手。

"举起来。"

我举起手,叶子停在我的手掌上。只过了几秒钟,风就把整片叶子吹走了。我屏住了呼吸。

"艾迪,珍娜就是那片叶子,"琪蒂温柔地说,"你是一棵树。"

我皱着眉噘着嘴,想弄明白她说的到底是什么意思。她最近让我觉得神秘,我有点看不懂她。我把手塞进她的手里,不过不会牵太久,因为我们两个都不喜欢长时间的肢体接触,但此刻的接触还是很美好的。

我们沿着小路走回村里,离开树林,离开那些树木时,我看到麦金托什先生从银行里走出来。我不假思索地喊出了他的名字,然后冲他跑过去。琪蒂跟在后面,叫着我的名字。

麦金托什先生盯着我,看起来有点儿害怕。他看向琪蒂,似乎希望她能把我拉走。

"麦金托什先生,您需要重新考虑一下。"

"重新考虑什么?"他一边说一边环顾四周,也许是在盼望着能来一个大人解救他。

"女巫纪念物。"我提醒他。

"哦,"他不以为然地摇摇头,"这件事太愚蠢了,艾迪琳。

而且，老实说，我不清楚是谁让你这样做的，但这个提议已经被否决了。"

"让我这样做？"

他弯下腰，和我保持一致的高度，然后说道："是谁给你灌输的这些想法？"他的语速非常缓慢，听起来就和埃米莉说话一样。

"是我自己。"我向他保证。

他笑了，但不是善意的笑。他直起身，向他的车走去。"利用你的妹妹满足你荒唐的想法，琪蒂，这太残忍了。"

我困惑地转头看着姐姐，她正用刀子一样的眼神盯着麦金托什先生。

"但这是我的想法，麦金托什先生，"我在他后面喊着，"我们在学校里学到了关于女巫的事情。"

"是啊，当然。"他说完就关上车门，启动发动机离开了。

我张了张嘴，想再说些什么，但琪蒂把手放在我的胳膊上。"别说了，艾迪，他宁愿相信他狭隘见识下的无稽之谈，随他去吧。"

"可我不明白。"

"大人只要不喜欢我们说的话，就会责怪我们自闭，说我们不懂自己的想法。"她吐出一口气，耸了耸肩，继续说道，"我在那所垃圾学校时,这已经成为惯例了,他们一直指责我抄袭别人。他们不敢相信那些想法是我自己的。"

"但这是……"我有种跺脚的冲动,但我忍住了,"这让我觉得我自己就是女巫!好像我们永远都赢不了。"

"我明白。"

我看着那辆小车开走了,呼出一大口气,说道:"我要在下次的村委会会议上再提一次。"

琪蒂没回答,我转过身抬头看她。她在笑。

"我觉得你这个主意好极了。"

第六章

"你是不是看过很多书啊?"

我和奥黛丽一起从学校走回家,这是我新的日常生活,也需要我慢慢习惯。以前走路上学放学时,我可以利用这段时间做好准备,应对一天的忙碌混乱。不过奥黛丽话不太多,也不会用一大堆问题轰炸我,所以我倒不是那么介意。

"我在看关于麦琪的资料,她以前住在朱尼珀。是女巫中的一个。"

"麦琪?"

"是哦。人们说她是个女巫,其实她不是。"

"我真不敢相信,你不在学校时还看了这么多书。"奥黛丽笑着说。

"我也不总这样,"我承认道,"除非我觉得有意思。要是我没找到感兴趣的东西，我的大脑就会停转的。"

"是啊，我有时也能看到，"奥黛丽说，"墨菲老师在教长除法的时候，我看到你盯着窗外。"

我皱了皱鼻子，说："我发誓，我不是故意的，我只是忍不住啦。"

"但是你知道这么多关于女巫的事，"她说，"我没看过有关麦琪的书，这点是肯定的。"

"我姐姐说我的大脑就像一台电脑，"我解释道，"一开始什么信息都没有，然后就开始收集信息，越来越多，一直不停。"

"所有的大脑都是这样的吗？"

"也许吧。但我每次过度使用大脑，它都会崩溃。"

我们谁都没说话。走了一会儿以后，奥黛丽才轻声开口："所以……你是怎么了？"

我犹豫着，想弄清楚她是不是不怀好意。

"我看到了你姐姐的视频，"她说，"她在给你化妆。"

"我是自闭的。"我抬头看着苏格兰多云的天空，终于说出了这句话。十月带来了寒冷和雨水，大风冲击着街上的树，力度惊人，我不知道那些树怎么承受得住。

"那是什么？"

"是一种神经系统的疾病，"我摸了摸太阳穴，"意思就是，大脑不一样。自闭的表现也不同，有些自闭的人根本不说话，有些人就算自闭也会说很多话。"

"像你一样。"

"是啊。"

"还有，它对你有什么影响吗？"奥黛丽继续问道。我知道她正在努力理解这些事。

"我……对事情的感知会更敏感一点儿，比如听觉和视觉。我很容易就能听到街上的人说话，我能看到物体的微小细节，还有一些其他人做不到的事情。我处理事情的方式不太一样。有时，"我踢了一脚人行道上的石头，继续说，"有时，我真的很难读懂人们的脸。如果他们刻意掩饰自己的表情，我就搞不明白他们了。"

"好吧。"

她没有再问我别的问题。我直到回到家后，才意识到珍娜从来没想过要了解什么是自闭。

我从图书馆带了两本新书回家，一本是关于鲨鱼的，另一本是关于女巫的。我跑进家里，向厨房走去。然而，尼娜正坐在餐桌前，泪流满面。

我停下脚步。眼泪总是意味着麻烦。不过人们有时也会因为快乐而哭泣，这让我困惑不已。但是尼娜显然并不开心快乐。

而且,她一发现是我回来了,就狠狠地擦了擦眼睛。"怎么啦?"我哑着嗓子问道。

她突然朝我身后瞥了一眼,我转身看到了琪蒂,她的眼睛也红了,看起来很生气。

"艾迪,我和琪蒂正在进行大人之间的谈话,"尼娜起身倒了些水,"麻烦你上楼去看书吧。"

我抬头看着琪蒂,她想微笑,却挤不出一丝笑容。她看起来还是又生气又伤心。

我假装上楼回房间,但是我躲到了楼梯上。我的听力很好,就算厨房门关上了,我也能听到她们说的每一个字。

"你把她暴露在恶魔面前了,尼娜。"

"琪蒂,别这么夸张,我关闭了评论功能,现在已经没有那些评论了。"

"你以为把你那一身麻烦的妹妹摆出来,"琪蒂愤怒地说,"你以为你有勇气在大众面前善待一个问题儿童,就能得到网友的好评了?"

"那个问题儿童也是我的妹妹,"尼娜喊道,"不只是你的!"

"这不是一场竞赛!她是一个人,不是道具。她很脆弱,但是你却把她放到网上,让那些人渣对她指指点点。"

"她机能正常——你别做出那种表情,这是个非常恰当的医学名词——她在正常生活,我想这也是人们想要看到的。而且她症状轻微,琪蒂,就像你一样。"

"只是对你来说症状轻微!"听到琪蒂的大喊,我往后缩了一下,不太习惯听到她提高音量说话。"对你,对这村子里每一个无情的人来说,这都是症状轻微。尼娜,对我来说并不轻微,对艾迪来说并不轻微!你觉得我们症状轻微,是因为我们想让你们这样认为,你知道我们付出了多大的代价吗!"

"啊!别说了。"

"你知道吗,尼娜,"我能听到琪蒂"砰"的一声关上抽屉,"她在那个视频里太不自在了。如果你真的了解她,你会发现她不自在,她勉强自己那样做,只是为了让你开心!"

一阵沉默。我觉得自己被困在了一个盒子里。

"我删除了那些评论,"最后,尼娜平静地说,"现在别管了。"

我听到了走路的沙沙声,然后琪蒂回应道:"你欠她一个道歉。"

很明显,她们已经结束了这场争吵,因为琪蒂走进客厅,放起了音乐。我偷偷溜进爸爸妈妈的房间,在房间的角落里打开家里的旧电脑。我找到了尼娜的视频号,找到了那个视频。是真的,她禁用了评论,但这个网页链接到了一个"回应视频"。

视频里有一个像妈妈那样年纪的女性正在谈论我受到了怎

样的诅咒，说我是个"现代悲剧"，我看了一分钟就再也看不下去了。我读了视频下面的评论，人们都同意她的话，我还看到了一些词语，那些词是爸爸妈妈说我们永远不应该用的。还有人说，既然我能说话，就不可能真的自闭。

我关闭了网页，希望可以从我的记忆中删除这些评论，就像尼娜删除了她视频下的所有评论一样。这太让我困惑了。对一些人来说非常过分，对其他人来说却还不够。

琪蒂来房间看我时，那些人的话语依然在我脑海里刺痛着我的神经。

"我猜你那出众的听力应该捕捉到了一些争吵内容。"她把一盘巧克力饼干放在我床边的桌子上，说道，"对不起。"

我躺在床上，背对着她，"我希望我和其他人一样。"

"不，你不要这样想，"她马上说道，"不要这样，艾迪。他们的思想是渺小的、有限的，而你的思想是无边无际的，它可以容纳一切人和事。你不会愿意和别人一样的。"

"你怎么知道啊？你和我一样，"我的眼睛有些刺痛，"你也不是正常的人。"

她沉默了片刻。

"艾迪，"她听起来有些悲伤，"就是因为你的头脑，你才能写出那些故事，你写的所有故事都很精彩！"

"墨菲老师把我写的故事撕了!"

沉默。然后她问道:"她做了什么?"

"她撕了我写的鲨鱼故事,当着所有同学的面。"

"艾迪,你为什么不告诉我们,她不能这么做,她不能这样羞辱你!"

"嗯,她就是那样做了,"我自己也不知道为什么会哭起来,"我好累啊。"

琪蒂叹了口气,"我知道呀,妹妹。我也好累。"

我什么都没再说。姐姐离开后,我掏出我的鲨鱼书,抚摸着它那泛着光泽的书页。一头姥鲨张开了嘴,它的嘴巴大得惊人。一头鲸鲨,它身躯那么庞大,样子那么吓人,但是却完全无害。我闭上眼睛。我心里多么渴望我能从这里消失,然后出现在深蓝色的海洋里啊,我能游很远很远,不必再面对其他人。

一滴眼泪滑落,滴在了斑马鲨的脸上。我赶紧把它擦掉。不管日子多么可怕、糟糕、混乱,都不值得你去污损图书馆的书。

第七章

学校组织的游学对我来说是场豪赌。

一想到会看见新的地方,获得新的信息,我难免心驰神往。但是同学们的推推搡搡、嘈杂的交通噪音,还有打破常规生活后的陌生状况,往往会影响出游的兴致。

幸运的是,今天的旅程不需要乘坐小巴或火车,我们只需要从学校走到利斯河。墨菲老师叫我们找个同伴站在一起,整齐地排成两列队伍。

"我要和珍娜站一排,"埃米莉把脸靠近我,说道,"她是我最好的朋友。"

我往后靠了靠,努力让自己离她远一点。"埃米莉,我能闻到你早餐吃的是什么。"

和我一样在队伍后面的奥黛丽开怀大笑。她就站在我旁边,看着埃米莉迅速跑开。"真搞笑。"她说道。

"我不是故意搞笑的。"我老实告诉她。"我有着,"我在头脑中搜寻着合适的词,"灵敏的感觉。"

"怜悯的感觉?"

"灵敏的。"

"这是什么意思?"

"就像……非常敏感的感官。它们能很容易地感知事物,我能闻到她嘴里苹果汁的味道。"

奥黛丽似笑非笑地看着我,说:"你很奇怪哦,艾迪。"

我们的队伍开始移动了。我没有否认她的说法,我知道她的话是怀着好意的。

但其他很多人不是。

我们都跟着墨菲老师走出操场,离开学校,向村子里走去。树林在村子的另一边,那里有一条通向河边的陡峭小路。

有一个男生在校门口等着我们,他看起来只比尼娜和琪蒂大几岁,穿着雨靴,非常热切地向我们挥着手。

"孩子们,"墨菲老师的声音听起来不像那个男生那么热切,"这是帕特森先生,他正在爱丁堡大学读博,今天由他来带我们进行参观。"

"读什么博?"奥黛丽小声问着。

"我不知道。"

"是赌博吧。"

我们的笑声引起了埃米莉和珍娜的注意,她们回头看了看我们。埃米莉皱起脸,发出嘲笑的嗤声。

珍娜看起来很惊讶,她的眼睛在奥黛丽身上瞟着,打量着她。

"你们好啊!"帕特森先生在跟我们说话,一看就知道,他不习惯和小孩相处,"我们要听女巫的故事了,大家开心吗?"

我的大脑从懒洋洋瘫在沙发上的待机状态,突然转换到穿好鞋子准备冲锋的狂热状态。它如饥似渴,兴致勃勃,蓄势待发。

"开心!"我叫出来。

有些人在窃笑,但帕特森先生被逗乐了。

我对女巫进行了学习研究之后,发现墨菲老师提到的沉湖审判在这里并不太常用,这个方法在欧洲其他地方更流行。所以我想知道朱尼珀的女巫到底经历了什么。琪蒂和我说过,我应该告诉墨菲老师,她给我们讲的信息是错误的,她是在"胡说八道",但妈妈严厉批评了琪蒂,她严肃地命令我不要那样做。

"嗯,我们旅行的第一站是利斯河,我们要去那里参观老巫树。"

"快跟上!"墨菲老师示意我们跟着她和帕特森先生走向树林和河边。

高大的树木遮挡住了十月稀薄的阳光。夜里下过暴雨，地面有些泥泞。

我努力让自己的双脚完全踩进前面的人留下的脚印。

好吧，我做不到。

墨菲老师和帕特森先生停在了一棵粗壮的大树前，树上的树枝又粗又硬。他们正等着我们集合。

"好了，孩子们。"帕特森先生张开双臂，看着我们的脸，有些面孔上写着无聊，有些带着好奇。"我们都来想象一下这个地方，这条河，这条小路，还有所有的树，我需要你们想象一下它们几百年前的样子。"帕特森先生说。

我马上想象出了这个画面：摇摇欲坠的老墙上没有那些胡写乱画的涂鸦，也没有哪棵树上挂着塑料袋。那是个更黑、更冷的朱尼珀，没有汽车发动机的轰鸣声，也没有行人过马路时的喇叭声，只有哒哒的马蹄声，那里还有古老的造纸厂。

"几百年前，就和你们现在一样，人们居住在朱尼珀，有农民、磨坊主，还有他们的家人。当地的教堂，或者说是苏格兰教会，处在村子的主要当权地位。他们做出重要的决定，控制着朱尼珀的运作。如果人们发现有女巫，也是向他们汇报。"

他热切地望着我们大家，眼睛闪闪发亮，"你们有谁知道怎么认出女巫吗？"

有几只手举了起来。他指了指阿尔飞,其中的一个男孩。

"她们又老又丑又粗鲁。"

"啊?"帕特森先生看起来有点吃惊,"我不觉得——也许吧!可能,有一些是这样的。但其实这是个棘手的问题。因为没有发现女巫的具体办法,没有明确的规则。"

他伸出一只手,放在身后那棵老树的树枝上。

"从前,有一个叫吉恩的女人。她在朱尼珀很出名,因为她不和别人交往。她喜欢喃喃自语,是个孤独的人,没有家人。虽然她远离其他村民,但有一天,她和一个邻居发生了激烈的争执。在争吵的过程中,吉恩一怒之下诅咒了邻居。有谁知道什么是诅咒吗?"

"说脏话骂人?"

"不完全是,杰米,不过已经答得很好了。"墨菲老师笑着跟这个男孩说。

"诅咒,"帕特森先生继续说,"就像一个邪恶的咒语,就是有人在召唤一种更强的力量,或者是魔法,来伤害另一个人。至于吉恩,她只是太生气了,只是在愤怒地咒骂她的邻居,她并没有想那么多。"

我试着想象吉恩的样子。她疲惫不堪,闷闷不乐,只想一个人待着。我看到人们故意走近她,四十年里,一直都有人跟她说要微笑，要愉快。

"但是诅咒不是真的，"埃米莉大声说，"魔法也不是真的。"

"嗯，我们现在是这么想的，"墨菲老师和蔼可亲地说着，还点了点头，"但几百年前，人们相信的那些东西和现在不一样。"

"吉恩的邻居非常害怕，"帕特森先生继续讲着这个故事，"他们回到家里，整晚都忧心忡忡，害怕那个奇怪的女人，因为她用手指了他们，或许还给他们施了巫术。他们把事情告诉了住在朱尼珀的所有朋友。消息最终传到了教会长老那里。"

我吓得打了个寒战。

"要知道，被指控为女巫的人，将被送上法庭。朱尼珀开了很多次教会会议，在会议上，女巫受到审讯，原告和证人提供证据。不过……在法律上，当地教会是不能处死女巫的。处死女巫的决定是爱丁堡才能做的。但是……"

他停顿了一下。我紧紧地揪住他说的每一个字，眼睛凝视着他的脸，寻找着一切能为我完善这个故事的蛛丝马迹。

"但是，"看到我们全神贯注地听讲，他似乎很高兴，"自治正义在朱尼珀很流行。有谁能告诉我自治正义是什么意思吗？"

我知道答案，但是我现在不想让别人看着我。所有的同学都在我和琪蒂经常走过的树林里，这感觉很奇怪。一大群人在树林里，感觉好像不太自然。

"这是，"奥黛丽开始回答，"我想这是人们把法律掌握在自己手里的意思。"

"你说得太对了！"帕特森先生笑容满面地对她说，"然后，就在诅咒事件后的几天，吉恩的邻居发现他们家死了头牛。当然，造成家畜死亡的原因是各种各样的。但他们立刻就怀疑吉恩，怀疑是她害死了那头牛。"

这个故事激发了我的想象力。我能看到他描述的每一个人，尽管我从未见过那些人。这个故事在我脑海里形成了画面。吉恩洗着她粗糙的手，擦着破旧的靴底，对村民们残酷的指责和言论一无所知，但是那些话已经在村里传得沸沸扬扬，乃至传到了教会长老的耳朵里。

谎言就像咒语，却比咒语更有力量，更具破坏性。

"现在，大家都先放下吉恩的故事，我们继续去了解朱尼珀的另一个女巫。"

我眨了眨眼，他怎么能不把故事讲完呢？

"要知道，在苏格兰地区的女巫审判记录得很完善，但是还有许多女巫的全名和故事我们永远都不会知晓。我们能确定的是，洛锡安地区的女巫最多，"墨菲老师告诉我们，"朱尼珀可能没有权力正式处决女巫，但他们肯定发现了许多女巫，这些女巫最后被送到城堡山处死。酷刑在这里也很普遍，比在英格兰多得多。"

我的手在颤抖。酷刑这个词让我感受到了身体上的折磨,我感觉它绕住了我的手腕,紧紧地掐住了我的喉咙。

"朱尼珀的人都知道,玛丽是个疯女人。她会在教区四处讨钱,人们觉得她是个低能儿。以今天的标准来看,她有精神病,非常需要人们的宽容和赈济。但那个年代的人理解不了,他们远远没有我们现在这般仁慈,村里的人都觉得玛丽是个女巫。"

我感觉不舒服。

"要知道,玛丽没办法否认这个指控。她不知道发生了什么。而这就是自治正义发挥作用的时候了!"

我开始离开人群,没有人注意到我。我的腿有些发软,我的胸腔有些发紧。

"玛丽和吉恩都被带到了村委会,有人指控她们使用了巫术,还有邻居和村民出来作证,声称目睹了她们施法并给村子带来危害。不过,有人透露这些女性可能会被送到爱丁堡接受全面的刑事审判,所以村里人就决定自行处理。"

"她们为什么不直接说那些事都是编的呢?"珍娜问道,脸上还带着疑惑和些许鄙视。

当初我们是朋友时,珍娜经常会问很多为什么,却从来都不问怎样做。

"吉恩很可能说了,"帕特森先生承认,"但玛丽不懂发生了什么,不明白她为什么被指控了。"

我有时候难以识别自己的感受,难以确定感受的名称。不过我能看到它们的颜色,能分辨出是不好的感受还是好的感受。

现在是一种不好的感受。

"经过一番审问,玛丽很轻易就认罪了,她承认自己会巫术,甚至主动说出自己身上有个胎记。朱尼珀的人当时就说这是巫术的印记。"

我想起了麦琪。她可能很困惑,虽然她不是女巫,但还是被迫承认自己是女巫。也许人们跟她说,如果她屈服了,说出他们想听的话,她就可以回家了。他们也是这样对待玛丽的吗?

"那后来发生了什么?"珍娜问出了这个问题,急切地想知道故事的后续。

"玛丽的供词让那帮村民很满意,但他们却自作主张折磨吉恩,直到她也认罪。"

有些同学或怀疑或兴奋地嚷出了声。帕特森先生讲述了更多的细节,他详细描绘了拇指夹、鞭打和其他形式的酷刑。我离这群人越来越远,一心希望奔涌的河水声能盖过他嘴里吐出的那些可怕的话语,能从我头脑里清除掉那些让我毛骨悚然的恐怖画面。

"最后,吉恩再也受不了了,她承认自己是女巫。"

"他们毁了她。"我低声说着,但没人听到。

"两个女巫都被咆哮着的暴民拖到了这里!"帕特森先生几乎陷入疯狂,他被自己讲的故事迷住了。他指向他身后那棵弯曲的老树,继续讲述。

"绞刑在英格兰更常见;而在苏格兰,女巫更有可能被处以火刑烧死。不过,朱尼珀的居民决定用这棵树来执行自治正义的判决。"

突然,我崩溃了。我再也伪装不下去。我发出了嘶哑的吼叫声,捂着肚子,摇晃着去摸身下的泥地,想找到一些安稳的感觉。我能感觉到每个人都在四处张望。我把眼睛闭得紧紧的。我不想去看那棵树,不想看它。

帕特森先生和墨菲老师站在我的两边,奥黛丽在大声问我还好吗。

我知道我看起来不太好。

"快停止你这种愚蠢的行为!"墨菲老师说着,把一瓶水塞到我鼻子底下。

"这只是一个故事。"她说。

只是一个故事。"但这是真事!"我上气不接下气地喊道。

"是真事,但那是很久以前了。"帕特森先生说。他想让我安心，但我做不到。

墨菲老师没再管我们，她去让其他孩子集合。她对帕特森先生嘀咕了几句，但这会儿我耳朵里只有血液奔涌的砰砰声，听不见她的话。

"现在，让我们一起走到桥上，读读罗伯特·彭斯的诗，这是我之前给你们布置的作业。"

"老师，我能陪着艾迪吗？"奥黛丽问。

"不可以，"墨菲老师坚定地说，"让她冷静一下，等她恢复正常了就会回到队伍里。"

他们离开了。

"没必要这么难过，"帕特森先生用轻快的语气说，而这时我正拼命地试着控制自己的呼吸。他继续说："这很悲伤，但就像我说的……是很久以前的事了。"

"那些人杀了她们，就因为她们不一样。"

"唔，是的。玛丽是个低能儿，吉恩是——"

"我讨厌那个词。"

"唔，现在我们会说她有特殊需要——"

"就像我，她和我一样。"

他的脸失去了血色，样子简直有点儿滑稽。他尴尬得开始结结巴巴，而我试着恢复伪装，戴回我的面具。我强迫自己看着他的眼睛,虽然我讨厌眼神接触,有时这会让我感到不自在和痛苦。

"我不是低能儿。"

"不,当然不是。"他声音微弱地说。

麦琪、吉恩和玛丽。她们被愚弄、被逼入绝境、被欺骗、被迫认罪。我为她们三个感到绝望,绝望到无法呼吸。

我摇摇晃晃地直起身子,咕咚咕咚地喝下一大口温水,然后大口喘着气。我把瓶子递给帕特森先生,开始慢慢地跟上同学,重新回到队伍里。我没再去看那棵树,我不看它。

我凝视着前方,推开身旁的树枝,那些树枝看起来像是一只只骷髅的手,伸出来向人求救。

第八章

"艾迪的想象力非常活跃。"

我和爸爸妈妈坐在小学六年级的教室里,墨菲老师和帕特森先生也在。游学结束后,墨菲老师把他们找来碰面,想讨论一下发生的事情。

"达罗先生,这一点我很清楚。"墨菲老师对爸爸说。她的脸上带着温暖的笑容,我以前从未见过她这样的笑容。"我们只是想一起找找办法,来确保这种情况不再发生。"

她朝我笑了,我意识到这好像是我第一次看到她对着我笑。

"艾迪琳,你没有惹麻烦。"她补充说,脸上还挂着笑。

"没有,"妈妈插嘴说,"艾迪,你完全没有惹麻烦。你那时候是不是承受不住,受到了过度刺激?"

我点点头。

"当时我正在讲一个非常可怕的故事,"帕特森先生带着歉意说,"但孩子们通常都喜欢这样的故事!"

"其他孩子都觉得这种体验很有意思。"墨菲老师温柔地对我父母说,"艾迪琳只是太情绪化了。"

我能感觉到爸爸妈妈在我头顶上方交换了一个眼神。

"艾迪对事情的感受很深刻,"妈妈在稍作停顿后承认道,"这是她自闭的一部分表现。"

墨菲老师的笑容停滞了一下。爸爸妈妈没有看到。

"她对这个学期的项目真的很感兴趣,"爸爸说,"你知道吗,最近她在家里聊的都是巫术和女巫。我觉得今天只是说得有点多了。"

"好吧,我真的很高兴,你对女巫感兴趣,"帕特森先生高兴地说,"这个话题确实很有吸引力。"

"只是……"我终于开口说道,"她们是真实存在过的人,不过好像没有人在乎。"

几个大人都没说话。

"如果你过于情绪化,那历史对你来说可能会是一门很难的学科,"帕特森说,他兴奋得有些反常,"战争、饥荒、女巫审判……你必须把自己从这一切中抽离。"

"她在努力,"爸爸回应说,"而且我们真的不希望艾迪失去她的同情心。"

"是的,好吧,"帕特森先生伸出双手,冲我做了个手势,"这让我耳目一新,我知道大多数有自闭症的儿童都没有多少同理心,所以艾迪有同情心是件好事。"

妈妈从喉咙里发出了些声音,爸爸伸手按住她的大腿。

"我是自闭者。"我纠正说,这几乎是下意识的条件反射,"我是自闭者,而不是我患有某种疾病。自闭是我与生俱来的特征。这是种常见的误解。自闭的人其实是很……"

"善于感受他人情感的。"妈妈帮我补充说。

"是的。"我说。

帕特森先生的脸有点红了。

"帕特森先生,你认识多少自闭的人呢?"我问他,我是真的很好奇。

"哦,好吧,我,"他拉着衣领,"嗯,我想,是没有的。"

"除了我。"

"是的,"他慢慢点头,腼腆地笑着,"除了你,艾迪。"

"自闭症不是性格上的差异,"妈妈坚定地说着,"这不是艾迪更敏感或更情绪化的问题。她和我们有不同的神经系统,她在努力对付这种差异,这种认知上的差异。她需要我们的精心呵护、支持和理解。"

大家安静了一会儿。妈妈补充说："我们希望艾迪能比我们的另一个女儿有更好的童年。"

一提到琪蒂，墨菲老师就扬起了眉毛，盯着妈妈看，妈妈朝她瞪回去。

"我只是担心，对艾迪琳来说，课堂有时会有点儿难以承受。"最后，墨菲老师说，"我有很多孩子要教，他们都应该得到同样的关注。所以有时我会想，如果有哪个地方可以给艾迪琳一对一的关心和关注，会不会对她更好。"

我想不通她为什么这样说。她几乎从不在课堂上和我说话，除非是让我把手放下，或者是把字写好。她和爸爸妈妈那样说，就好像是她必须一整天、每一天都和我坐在一起。事实上，她的大部分时间都花在了埃米莉身上，尤其是在英语和拼写方面。

"不，"妈妈坚定地说，"艾迪需要正常的生活。她是一个独立的人，她非常有天赋，只要能够得到正确的引导。她以前的老师都这么说过，他们都爱她。"

她和墨菲老师又瞪大双眼直视对方，想把对方压倒。

我拿起书包，转向妈妈，眼睛低垂，"我们现在可以回家了吗？"

妈妈笑着，礼貌却疲惫，"我们会回家跟艾迪聊聊这件事的。

还有什么需要讨论的吗?"

"没有了,"墨菲老师站起来,"我们只是希望你们知道发生了什么,也让艾迪琳知道她在我们这里得到了支持。"

爸爸妈妈说了声谢谢,立刻转身走了。他们一转身,墨菲老师那灿烂的笑容就消失了。她瞥了我一眼,眼神强硬又冷酷,然后就移开了视线。

我跟着爸爸妈妈走出去。我想,墨菲老师也戴着面具。

另外一种面具。

*

"她是头恶毒的母牛。"

"琪蒂!"

我们都围坐在餐桌旁,这很难得,一般情况下不是爸爸在上班,就是妈妈在上班。我们吃的是放在漂亮盘子上的外卖。尼娜正吃着鸡汤面,一言不发。琪蒂很生气。我试着想象一头恶毒的母牛会是什么样子,这有点儿难。母牛不恶毒,至少朱尼珀的母牛不是这样的。实际上,它们虽然很爱到处闯,但是让它们听指令也很容易。

不过现在好像不是指出这一点的好时机,琪蒂还没有说完。

"她不能跟来讲课的人说不要乱用过时的术语吗?"琪蒂愤

怒地咬了一口虾片,"她就不能让他少讲点让人恶心的细节吗?"

"大多数孩子都喜欢血腥残暴的细节,"爸爸指出,"琪蒂,这只是一个误会,不是谁的过错。"

"艾迪,"妈妈轻轻地说着,在我面前又放了一些米饭,"你知不知道,如果有人在学校说了什么让你不高兴的话,你得告诉大人呀?今天有人对你不好吗?这是你难过的原因吗?"

"不是,"我拿起勺子,"我只是感受到了女巫的感受。"

"你这么关心他人真是太好了,亲爱的,"妈妈镇定地说,"你可以把这种关心转移到你的纪念物提议运动上。但是如果你不知所措或受到过度刺激,你要告诉大人。"

我知道她是对的。如果是我以前的一些老师,比如黑姿尔老师或埃尔斯佩思老师,我会告诉她们的。她们总会听我说话,也会为我抽出时间。

但是墨菲老师不同。"墨菲老师也许不能马上理解你的一切,"妈妈坚定地说,"她是另一代人。这个可怜的女人,母亲重病缠身,丈夫出走,肯定让她筋疲力尽。小琪,她可能没有耐心,但她也不是你想的那种怪物。"

"琪蒂看待事物总是非黑即白。"尼娜轻声说。

"才不是,我能看到你身上那难看的米黄色衣服。"

"闭嘴。"

"姑娘们！"妈妈冲姐姐们喊道，"够了。"

"墨菲老师可能是教琪蒂时有点受伤了。"爸爸开玩笑地说。

"我倒希望是这样，"琪蒂衷心地回应，"她就是最坏的。她总是偏向其他孩子，所以我时不时就要让她不高兴。"

"唉，琪蒂，"妈妈疲惫地吐出一口气，"难怪她对艾迪这么警惕。"

"她不能因为我就去惩罚艾迪，"琪蒂指出，"总而言之，她就是不知道怎样去教那些需要得到不同支持的孩子。"

"嗯，现在很少有人知道，而且老师要做的事情太多了。"妈妈理解地说。

"你知道吗，"爸爸看着我，"爷爷在学校也遇到过麻烦。"

"爷爷跟我说过，他以前被老师用皮带打过！"我大声说。

"爷爷是真的被打过！因为他很难集中注意力，所以老师会用皮带打他的手。"

"他说总比抄书要好。"我说。

"可能吧。"

"嗯，墨菲老师怎么都不会用皮带打我们，"我高兴地说，"所以也没那么糟糕。"

有一阵子，厨房里唯一的声音就是餐具在盘子上的刮擦声。

"艾迪，珍娜最近怎么样？"爸爸问，"你最近不怎么提到她了。她还想当发型师吗?"

"我也不知道。"

他们又交换了一个眼神。然后是更多的刮擦声,更久的沉默。

"大学怎么样?"最后,妈妈问琪蒂。琪蒂做了个鬼脸:"很好,很无聊。"

"难吗?"爸爸带着鼓励笑着问。

"课程很好,"琪蒂边说边拿了些春卷,"人不好。"

我想让琪蒂看看我,但她没有。她是我们家第一个上大学的人。当她收到无条件录取通知书时,爸爸妈妈都哭了。

不过,那时候她好像不那么高兴。

"现在很多扇门要为你打开了,小琪,"爸爸兴奋地说,"很多机会。"

"是啊,"尼娜低声说,"你起码不用在本地超市里当个经理助理。"

一阵惊愕的沉默。

"尼娜,你这样说很不好。"我低声说。

"你现在可以离开这张桌子了!"妈妈怒吼着,她所有的压力和疲惫都涌了上来。

尼娜扔下餐具,冲出厨房,"砰"的一声关上了身后的门。妈妈跳起来,开始清理桌子,尽管我们还在吃饭。琪蒂只来得及从她的盘子里叉出一块鸡肉，盘子就被收走了。

"神经正常的人啊，"琪蒂叹了口气，终于咧嘴笑着看着我，"是这么的缺乏同理心，真是太可悲啦。"

我用鼻子哼了一声，果汁差点儿从鼻孔里流出来。爸爸笑了，笑得有些勉强。

我和爸爸坐在客厅里，妈妈和尼娜在楼上大吵，琪蒂坐在我旁边。我们三个人靠在沙发背上休息，谁也没说话。我看着爸爸，他看起来很伤心、很疲惫。

我站起来，快速走过地毯，来到CD机前。一堆唱片堆得摇摇欲坠，其中第二张是爸爸最喜欢的专辑。这张光盘磨损得很厉害，上面还有一些划痕，我把它塞进播放器里。

《阳光照耀莱特》这首歌悠然播放着，盖过了楼上的叫喊声。我坐回到沙发上，坐在爸爸和琪蒂中间。我们三个人不知不觉地随着歌声摇摆起来，爸爸开始跟着哼唱。

爸爸伸出手握了一下我的手，坚定而又迅速。我也这样握了一下琪蒂的手。

妈妈和尼娜在楼上继续争吵，声音隐约传来，语言就是她们的武器。她们在用语言的力量压制对方。当我生气或不安时，我就会词穷——我会发现说话突然变得非常有挑战性。不过妈妈和尼娜并不会这样。

爸爸、琪蒂和我心满意足地坐着,音乐围绕着我们。这一刻我们什么都不用说,不需要交流。

*

"游学的时候你怎么了?"

我和奥黛丽坐在自行车棚旁边吃午饭。我给了她薯片,她给了我饼干。

"我要崩溃了,"我坦率地说,"帕特森先生讲的故事让我……很难听下去。所以我需要自我刺激,但我知道不能这样做,所以我变得非常恐慌。"

奥黛丽点了点头,但我知道她还没有完全理解。我想,神经正常的人一定很难想象另一种完全不同的思维方式和感觉。那是个更加深刻的世界,一切都更响亮、更明亮、更好,或者更坏。

"我只是觉得有点绝望。"我说着,把巧克力饼干掰断,这样我就可以一小块一小块地吃了。

"你还在为女巫纪念物策划运动吗?"

"是啊,"我把饼干块放在腿上,"他们拒绝了我的提议,但我会继续努力的。琪蒂说我应该做些传单发出去。"

"我能帮忙吗?"

我惊讶地抬起头。"当然！那就太好了。"

"我擅长画画。我们现在可以做传单，然后用图书馆的复印机复印出来。"

我连忙点头。我们匆匆跑去找阿利森老师。路上，我把整块饼干都塞进了嘴里。

*

"你好呀，艾迪！"

我从图书馆的桌子上抬起头。是拉蒂默老师，她是我的戏剧老师。

"我很期待能在半学期后的戏剧课上见到你。"拉蒂默老师一边高兴地说，一边看了一眼奥黛丽。她正在彩色传单上猛力涂抹着色彩。

"我也是。"我对她微笑，真心地说道。她是看上去最年轻的老师，但我觉得，如果我的说法没错，那她不是年纪上最年轻的。

"下学期就要学詹姆斯二世了，"她眉开眼笑地说，"你知道吗，我记得琪蒂在我班上时，我们在学詹姆斯二世。她爬上一张长椅，一个人表演了整个基利克兰基之战！用一个让人印象非常深刻的士兵飞跃结束了表演。"

我笑出了声。琪蒂喜欢历史，让我也喜欢上了历史。她给我讲述著名战役的故事，在房间里跳舞，扮演着所有的角色。我的最爱之一，是她演的玛丽·安托瓦内特，紧随其后的是罗伯特·布鲁斯。

"你们两个女生在干什么呀？"她又问道。

"我们在筹备运动。"奥黛丽回答着，举起了她的画。

"哇哦。是为了什么呢？"

"艾迪希望朱尼珀村委会同意建立一个纪念物，来纪念过去在这里遭到杀害的所有女巫。"

拉蒂默老师看上去先是吓了一跳，接着脸上就露出了灿烂的笑容，"我想这真的非常棒！"

"真的吗？"我觉得拉蒂默老师是最了不起的老师，我真的很希望她喜欢我的想法。我不想让她和墨菲老师一样觉得这很愚蠢。

"这是个好主意，艾迪，"她向我保证道，"我真的很为你骄傲，为正确的事情努力奋争，这很重要。"

琪蒂总说"谢天谢地，幸好有戏剧老师"。我现在知道为什么了。

拉蒂默老师要去吃午饭，所以就和我们告别了。我感受到一股更强大的决心。

"她说得对，"奥黛丽换了另一支彩色铅笔，小心翼翼地说，"这是正确的事情。"

我点点头。

"琪蒂是你的另一个姐姐吗？"

"是哦，她和尼娜是双胞胎。但是她们不一样，哪里都不一样。她和我一样，是自闭的。"

"那……为什么尼娜不是自闭的呢？"

我耸耸肩，说道："不知道呀。有的人天生就是自闭的，但尼娜不是。"

"哦。"

"不过，琪蒂的成长过程很艰难呢，"我边说边把传单拽过来查看，"在她只比我现在大一点点的时候，她有一个朋友，叫邦妮。琪蒂确诊后会去看职业治疗师，她们就是那时候认识的。邦妮会经常受到过度刺激，她有时会崩溃得一塌糊涂。"

我伸出一根手指，划过奥黛丽在纸上画的女巫。

"邦妮只有妈妈，她妈妈身体不太好，所以她们有时很难得到帮助。有一天，她被带走了。"

我能感觉到奥黛丽直视我的目光。"被带走了？"

"被带去了一个地方，那里全都是有心理健康问题的孩子。她被强制入院治疗，隔离起来了。自闭症不是精神疾病，但人们不在乎。"

"发生了什么?"

"唔,邦妮的崩溃一定吓坏了神经正常的人。但她不会伤害任何人!我见过她,她一定不会。她如果吓坏了,可能会伤到自己,却永远不会伤害其他人。但是他们还是把她关了起来。"

"我不知道他们竟然可以那样做。"

"她可以出去散步和参观。但当她满十八岁……"

我停住了。奥黛丽画了一棵满是节瘤的老树,是那棵实施绞刑的树。她真有艺术天赋,画的树看起来跟真的一模一样。

"他们把她转移到一个新的场所,那里的人更容易发狂。门上没有开口,房间没有窗户,只有四面墙。"

我感到胸口发紧,感到一阵剧烈的疼痛。

"她妈妈不能带她回家吗?让他们放她出去?"

"当你被隔离时,"我试着准确地说出妈妈当时跟我解释的话,"在某种程度上,国家就对你有了所有权。决定怎么处理你的,是他们,而不是你的家人,也不是你自己。"

"但这不公平!"

"我知道。"

琪蒂描述过她最后一次去看望邦妮的场景,就在她被转移到成人精神病院之前。门上的探视窗很小,只有一本平装书那么大。窗口被拉开了，邦妮苍白颤抖的手出现在那里，从那里伸了出来。

琪蒂说，她握住邦妮的双手时，发现她的手很冷。

"就像女巫的情况一样，"我说着，把传单推回给奥黛丽，"他们已经在头脑里给邦妮做了判定。而且，在某种程度上，人们也已经为我和琪蒂做了判定吧，判定了我们是什么人。"

奥黛丽低头看了一眼她的画，样子有点儿消沉，"所以你在游学时才那么难过。"

"我知道，如果我在公共场合感到过度刺激，如果没有人在那里为我进行解释，人们可能会认为我很危险，觉得我想伤害别人。"

"但你没有！"

"我知道。但很多人还是不理解。"

我们静静地坐了一会儿。

"奥黛丽，这个纪念物真的对我很重要，"我粗略地说，"很难解释为什么。吉恩、玛丽……那些女性，对我来说，她们一点都不危险，她们只是很害怕。那么与众不同，又那么害怕。"

奥黛丽点点头。我觉得筋疲力尽。我需要消耗很多很多的能量，才能像这样去交流、去表露情绪，这让我的头有点痛。

"我们应该让阿利森老师帮忙复印，等放学后把它们派出去。"奥黛丽一边收拾东西,一边果断地说。

我点点头,但我刺痛的脑袋还在想着琪蒂。

还有邦妮。

第九章

"你们到底在搞什么?"

我和奥黛丽在发传单,就在朱尼珀唯一的书店——行善书屋外面。尼娜坐在妈妈车里的驾驶座上,冲着我们大声询问,然而对她来说,我们在做什么应该是显而易见的。

"你不应该开车,"我不服气地跟姐姐说,"你还没有拿到正式驾照。"

"艾迪,你不应该放学后就在外面游荡。"她下了车,"砰"的一声关上了车门,"我真的很担心,你一小时前就该回到家了。"

"我们在进行一场运动。"我告诉她,奥黛丽则给她递了一张传单,"不是游荡,我们已经在这里驻守了半个小时。"

她瞥了一眼传单,然后又瞪了我一眼。"快上车!"

"我们还没发完呢,"我一动也不动,"克利奥拿了一堆传单放在她的店里了,不过我们还有更多的传单要派发出去。"

克利奥是书店老板,她对我们这个想法非常感兴趣。好书商和好老师一样,都是救星。

"你是奥黛丽吗?"尼娜摆出一副大人的面孔,用大人的口吻对我的新朋友说,"你一个人在外面,我相信你父母也会担心的。"

"奥黛丽是从伦敦来的,尼娜,"我不耐烦地告诉她,"在朱尼珀,他们什么都不怕。"

奥黛丽扑哧一声笑了。

"你们两个,都上车。马上。"

我和奥黛丽交换了一下眼神,最后还是答应了。

"她不像在视频中看起来那么友善。"奥黛丽低声对我说。

我们坐到车的后座,尼娜坐上驾驶座。

"你家在哪里?"她通过后视镜看着我们,问奥黛丽。

"我家在伍德伯恩街。"

"嗯,好的。"

尼娜开车出发了。"那你们今天学到了什么?"她问道,同时依然扮演着大人的角色。

"琪蒂在戏剧课上重演过詹姆斯二世的战斗。"

"噢,天哪,"尼娜低声说,"在离开那所小学多年后,琪蒂的传说仍有生命力,知道这一点真让人高兴啊。"

"是啊。"我高兴地说,故意不理她的阴阳怪气。

"我知道了,如果政府愿意,他们就可以把像艾迪这样的人关起来。"奥黛丽说。

汽车突然熄火了。"你说什么?"

"尼娜,我跟她说了邦妮的事。"

"啊,艾迪,"尼娜重新启动汽车,转动方向盘,朝奥黛丽家所在的街道开去,"你不应该和别人说……奥黛丽,这件事很复杂。没有人会把艾迪关起来的。"

"是啊,只要我保持正常就行了。"我嘟囔着。

尼娜在后视镜里瞥了我一眼,但没有再说什么。

*

我一边喝着欧洲萝卜汤,一边留意厨房的窗户,等着琪蒂出现在那里。我在桌上放了张传单,准备拿给她看。尼娜在安静地吃饭,妈妈上了很长时间的班,现在已经上床睡觉了。

"奥黛丽是个很棒的漫画家,"爸爸一边研究传单一边说,"我很佩服。"

"是的,她说要帮我筹备运动。"我告诉他,然后又喝了一口汤。

"那太棒了。也许你可以在星期天把一些传单放在教堂。"

"因为教堂的人会对赦免女巫感兴趣?"尼娜干巴巴地说。

还没有人反应过来,厨房的窗户就滑开了。琪蒂那金色的头从窗户里钻出来,然后是她高大的身体。

如果我有尾巴,它现在肯定会摇起来。

"晚上好,伙计们。"

琪蒂一屁股坐进她的座位,冲我笑了一下,然后给自己盛了些汤。

她面带微笑,表现得很高兴,但她的眼睛看起来有点儿疲惫,脸色也有点暗淡。我搞不懂。

"琪蒂,你看看我的传单!"我急忙把传单递给她。

"让她先吃吧,艾迪。"尼娜悄悄地劝我。

琪蒂没理她,抓起了那张画出来的传单。"唔,这是不是有点梦幻?艾迪,这是你画的吗?"

"不是我,是奥黛丽画的,"我告诉姐姐,"她也加入了我的队伍。"

"太好了。"

"我跟她分享了为什么这件事对我来说这么重要。我还给她讲了邦妮的事。"

琪蒂抬起眼看着我,她的笑容消失了,"什么?"

我看了看琪蒂，然后看向尼娜，她正专注地看着琪蒂。我在解释的时候声音有点颤抖："我给她讲了那些人对邦妮做了什么。"

"琪蒂，她觉得是一样的，"尼娜轻声说，"女巫这件事……她认为是一样的。"

琪蒂慢慢地把传单递回来，轻轻地把它放在桌子上，说："是一样的。"

我沉重地呼气。我就知道是一样的。我知道琪蒂会懂我的。

"邦妮的情况已经得到了控制，"爸爸镇定地说，"没有人忘记她，你妈妈一直都在密切关注着整件事情。"

"是啊，"琪蒂站起来，斩钉截铁地说，"但她还是被关在那个鬼地方。"

她走出厨房。我低头看了一眼传单，然后跟在她后面走了出去，没有理会爸爸和尼娜让我先把晚饭吃完的呼喊。

我在街上找到了琪蒂，就在家门口。她坐在路边的一盏路灯下，抬头看着黑暗中闪烁的星星，每一颗都是苏格兰晴朗夜空中的一个明亮光点。

"他们不明白，艾迪。"

我在她身边慢慢地坐下。琪蒂说。

"明白什么？"

"那是什么感觉。不得不每天把真实的自己藏起来，伪装起来。"

"我知道,"我把手臂压在她的手臂上,"女巫们装得不够好,就被抓出来了。然后就受到了惩罚。"

"艾迪,你知道邦妮为什么被抓走,对吧?"

"因为她伪装不下去了。"

"是的。还有那些……"她在说出难听的词之前停了下来,"那些人不想帮她。"

"琪蒂,就是因为这个,女巫的事情对我来说才很重要。"我说得很平静,甚至太过平静了。"人们都觉得那只是个故事。但那是真实发生的事,就发生在这个地方。"

"我知道。"

"我试过了,"我快速眨了眨眼,"我真的很努力地在隐藏自己,但有时候我不想隐藏了,我不想了,琪蒂。"

"我明白,"琪蒂宽慰道,"我知道的,艾迪。你不必这么做。你应该对做真实的自己感到安全。我们本来就不该戴上面具。"

"但我害怕。"我低头看着我的手,它们正忙着迸发出看不见的火花。过度刺激。极度渴望抓住些什么。"我不想……不想最终……"

"听着!"她没有看我的眼睛,但我感觉到她把全部注意力都放在了我身上。"我绝不会让这种情况发生。他们必须先过我这关,艾迪,他们永远过不了我这关。这永远不会发生。"

我曾经在超市里崩溃过。我现在不太记得了,只记得当时我躺在一个冰柜旁边冰冷的地板上,努力想要呼吸。琪蒂就站在我身边,警告任何一个想接近我的人。

早在多年前,她看起来就那么成熟,像一个大人。但她那时候只有我这么大,是我现在的年纪。

"你永远都会在这里,琪蒂!"

我说得如此肯定。她朝着我笑了。

"你知道吗,我的大学教授喜欢让我们'跳出框框思考'。"她随口说。

我笑着说:"但你不在框框里啊。"

她的眼睛好像在跳舞:"完全正确。"

"我们从来都不在框里。"

也许永远都不会在框框里。不管其他人在框框里发生了什么,我都不能理解。我总觉得,其他人都被分发了一本厚厚的说明书,那里面有一页又一页的生活指南,告诉人们如何顺利地前进。

我总是落后几步。我可以在一天内读完一本书,记住任何东西,强烈地感受事物。可是那些模棱两可的用词和神神秘秘的表情,我却不知道怎么破译它们。

"有人给尼娜做了一个回应视频。"我听到自己这么说,却没有意识到这件事其实一直都萦绕在我的脑海里,"有一个女人在那里大声谈论着我,说我不是真正的自闭。"

琪蒂吐出一口气:"我希望你不要在意她。"

"她为什么这么激动?"

"因为,"琪蒂用双手揉着脸,"艾迪,自闭症有太多不同的形式,而有些人不理解这一点。"

我们沉默地坐了一会儿。

"还有,"琪蒂最后说,"你不应该理睬那些在互联网上叫嚷着说脏话的人。他们是最庸俗的俗人。你应该在乎你自己的想法。"

"还有你的!"

她傻乎乎地笑着,低头看着自己的脚。"当然,还有我的。"

我用指尖滑过粗糙的路面。

"艾迪,你知道吗,"琪蒂压低声音,回头看了一眼家里,"尼娜从来没想过会发生那些可怕的事情,她没有任何恶意。"

我咧嘴笑了,"这我知道。"琪蒂以前几乎从没支持过尼娜。

第十章

学校今天停课一天，教师培训日，妈妈说是因为老师需要额外的拓展，我才不管那是什么意思呢。爸爸已经去超市上班了，妈妈正穿上外套，收拾着她的手提包。

"现在，艾迪，"妈妈拉上她超级厚重的棉大衣拉链，一本正经地看着我说，"尼娜今天一整天都会在家里照顾你，你需要什么就和她说。没有姐姐陪着不要出门，也不要接电话。"

反正我讨厌接电话，所以我没有反驳这一点。尼娜在我旁边划拉着手机，似乎根本没听妈妈讲话。

"尼娜！"妈妈的语气让我们知道，她就像爸爸说的那样，缺失了幽默感，"今天不要把自己关在房间里拍视频了，好吗？陪着艾迪，待在楼下。"

尼娜嘟嘟囔囔地回应着，然后继续划拉着手机屏幕。妈妈看起来好像还想说些什么，却只是摇了摇头，拍了拍我的手，然后就去上班了。

前门关上后不久，尼娜从椅子上滑下来。她的眼睛还停留在手机上。

"我今天一天都要拍摄，"她实事求是地说，"一点钟过来敲我的房门，我会给你做午饭。"

她上楼后就没人影了。

我也想回房间，却突然注意到了一些东西。在厨房门边的柜子上有一沓文件，是星期五那天琪蒂放下的，她的学生证从文件下面露了出来。

我惊惶地抓起学生证。几个月前，琪蒂带我们全家人参观了她的大学，带领我们参观的导游学生一直在说学生证很重要，让琪蒂不要把它弄丢。

我翻遍了厨房的抽屉，我知道爸爸会把零钱扔在这里。抽屉里有很多零钱，所以我凑够了来回路程的车票钱。我把零钱都塞进牛仔裤口袋里，把学生证也装进了口袋。

我走到前门时，朝楼梯上看了一眼。我知道，如果我告诉尼娜，她肯定会说不。我也知道，坐公交车到爱丁堡要二十分钟，所以我可以在九十分钟内往返。

尼娜不会发现的。

门在我身后轻轻地关上,我下定了决心。

我冲向朱尼珀唯一的公交车站,一边等车,一边让呼吸平缓下来。这让我很兴奋,就好像在执行一项任务。公交车拐弯过来时,我紧紧捏住了口袋里琪蒂的学生证。

汽车司机好像对我的一堆硬币没有太多好感,但他最后还是给了我一张回程票。车朝爱丁堡开去,我坐在窗边,看着朱尼珀消失在视野,有些坐立不安。我担心琪蒂,担心她会有麻烦,或者会受到批评。

我的记忆力一直很好。只要我去过一个地方,我就能在脑海中把这个地方画出来,并描绘出我的路线。我记得怎么去大学,因为我们和琪蒂一起去过。有一次,我在一个房车公园参加日间夏令营,我觉得小孩子的营地活动很无聊,就溜走四处闲逛。夏令营工作人员发现我不见了,赶紧通知了爸爸妈妈,他们都吓坏了,直到我自己一路走回房车,他们才终于找到了我。

他们可能不理解,我的大脑可以是活地图。

公共汽车沿着王子街行驶,我抬头看向那座城堡,它俯瞰着曾经的湖,墨菲老师说的女巫被带去的那个湖。我试着想象那些场景会是什么样子,差点儿就坐过了站。

我跑上爱丁堡中心的土丘,穿过皇家英里大道,跑过那座有金脚趾的雕像,跑过忠犬波比纪念碑,一直跑到我记忆中的那栋建筑。

一进入那座大楼,我的信心就有点儿动摇了。天花板看起来那么高,周围的每个人都是成年人,步履匆匆。我突然意识到,我不知道姐姐今天上什么课,也不知道她会在哪个教室。

我把头伸进一个看起来像办公室的地方,一个有点儿像我们学校行政办公室的房间。一位端着一大杯茶的女士抬起头来,看到我时吓了一跳。

"你……你迷路了吗?"

"嗯,算是吧,"我没等邀请就自顾自地走进了办公室,站在她的办公桌前,"我需要找到我的姐姐,琪蒂·达罗。她是这里的学生。"

"好,"女士放下了杯子,看起来很紧张,"是紧急情况吗?"

我想到那个导游学生坚持说不能弄丢学生证时的模样,回答说:"是的。"

"好的,让我查一下,"她转向她的电脑,但看起来还是有点茫然,"达罗?"

"是的。"

"是急事?"

"是的。"

"好吧。"

她打字用了一些时间，我有点儿不耐烦，换着腿单脚跳着。

最后，她抓起一张废纸，在上面潦草地写了一个教室的位置，然后把纸递给我。我抓起它，忘记了礼仪就跑出办公室。

我把头伸回办公室："谢谢您！"

我得找人帮忙才能找到教室。大学的建筑好大好宏伟，每个人好像都知道他们要去的地方在哪里，除了我。终于有人给我指了正确的方向，我得坐电梯上两层楼。

终于来到教室门口时，我突然害怕起来。透过玻璃，我可以看到门在大教室的后面，前面有一位老师正在上课。

投影上有一些大大的字。很多学生散坐在大教室里。

我推开门，讲课的老师停下了。他眯着眼睛看着我。学生都把头转了过来。

我看到了姐姐。

其他学生都三五成群地坐在一起，琪蒂自己一个人坐在前排。她穿着深色牛仔连衣裙和黑色过膝靴，还戴着墨镜。这是特殊墨镜，既能让人看清东西，也能遮挡住荧光灯的光线。

我站在教室里，那些灯光很刺眼，让我痛苦。灯太亮了，就算是戴着墨镜，琪蒂也一定难受得要命。教室的温度也很可怕，一点儿都不宜人。我只用了几秒钟就看出来琪蒂有多不舒服，而其他人又是多放松。

琪蒂回头看了一眼，虽然我看不清戴着眼镜的她的表情，但她看到我时显然惊呆了。

"我能帮上忙吗？"老师困惑又好奇地抬头看着我，问道。

"是我妹妹。"琪蒂快速说。她从座位上站起来，跑到教室的过道。一些学生在偷笑，她把我带出了教室。在他们的窃笑中，她关上门，抓住了我的肩膀。

"怎么了，是尼娜出什么事了吗？"

"不是，"我得意扬扬地从口袋里掏出学生证，"你看！"

一时之间，她什么也没说，只从我伸出的手里接过学生证，目不转睛地盯着它，好像从来没见过一样。

"艾迪……你大老远跑到这里就是为了给我这个吗？"

"是啊。"

她看起来既不高兴也不轻松，我突然觉得不自在。是我判断错了吗？我是不是做错事了？

"那，"她环顾着空荡荡的走廊，"尼娜在吗？"

"没有，我是偷偷溜出来的。"

"艾迪，你不应该这样做。"

琪蒂突然皱起眉头，好像承受着巨大的痛苦。她捂住肚子，转身背对着我。我看到她一只手按在墙上，试着让呼吸平稳下来。我感到后背发冷，害怕地打起了寒战。

"琪蒂，你怎么了？"

她没有转身，她不看我。

"我……我不能。"她想说话，但停了下来。

出大事了。我不知道她是不是因为看到我太过惊讶，所以被吓到了。我们都不喜欢突如其来的意外。可能是因为教室里的灯？我只在里面逗留了几秒钟，就感觉灯光很糟糕。

我以前见过琪蒂受到过度刺激的样子，但我从来没见过她像现在这样说不出话。

"琪蒂，你还好吗？对不起，我还以为学生证真的很重要。你是怎么应付这个地方的？太可怕了！太潮湿了，太亮了，太吵了，太杂乱了。"

她闭上了眼睛，我只能勉强看出墨镜镜片后眼睛的轮廓。她用抖得厉害的手掏出了手机，看到上面一长串的消息提醒，她叹了口气。

我能看到她手机屏幕上显示的全部未接电话。

她搂着我的胳膊和肩膀，开始往大楼外面走，同时拨通了尼娜的号码。

"嗨，"尼娜接电话后她颤抖着说，"她在这里，我找到她了——"

我能听到尼娜在电话那头急促地说话，虽然我听不清她在说什么。

然后她挂了电话。

"是尼娜来接我们,还是我们去坐公共汽车?"

琪蒂看了我一眼,摇了摇头。我看得出她说话还是很困难,因为她只是简单地说:"妈妈。"

我能感到我脸上的血色正在褪去。

*

"你最近太不靠谱了,但这次更加离谱。"

听到妈妈的话,尼娜皱起了眉头。我们四个人坐在车里回朱尼珀。

"我给你打电话了,不是吗?"尼娜生气地回应说,"就在我发现她不在家的那一刻。"

"你应该一直和她在一起!"妈妈吼道。她身材不高大,却能发出音量超大的高音。"你听到了我说的话,你故意不按我说的去做。她可能被任何人带走!什么都有可能发生。"

我在后座皱起眉头。大人总是这样,他们跟你说这个世界很危险、陌生人很坏,但从来不告诉你为什么。他们说要害怕,却从来不给你理由。

"妈妈,是我不好,"我紧张地说,"我知道错了,我以为我会在尼娜发现之前就回到家。"

"这更证明我的想法是对的,"妈妈敲击着方向盘,沮丧地说,"你本来就该有人全天候陪护。"

"我们能把音量降低点吗?"琪蒂问道,她的头靠在车窗上,眉头紧锁,"这车里的声音太大。"

"艾迪,大人告诉你不要做什么,你就不要做。大人让你做什么,你就做什么,好吗?你知道你不能出去,但你还是出去了。"妈妈怒视着我,然后转向尼娜,"你们两个都很清楚。"

我什么都没说。大人肯定不可能一直都知道什么是最好的。我觉得墨菲老师就不知道。

"她怕我没带学生证会有麻烦,"琪蒂慢慢地说,"她误会了,她做错了。饶过她吧。"

"艾迪,你不能一直跟在琪蒂后面跑来跑去,"妈妈说,她的声音开始平静下来,"尤其是会违反规则的时候。"

我看着车窗外飞速闪过的城市景物,说:"我怕她会有麻烦。"

妈妈叹了口气,说:"我知道。但你要考虑周全。尼娜发现你不见了,赶紧打电话给我,所以现在我们都在这里。你应该告诉尼娜学生证的事情,你应该和大人说一声。孩子,你今天做了一些错误的决定。我知道你是出于好心,但是如果发生了什么不好的事情,多好的初衷可能都没用。"

"没发生什么不好的事情。"我冷静地说。我看向琪蒂。她没有回头,她盯着窗外,没有搭理我。

"为什么你现在会这样?"我不管不顾地问,"你为什么不一样了?"

她笑了,但笑得并不开心,"我总是不一样的。"

"不是这样的,"我坚称,"这次是新出现的,和你以前不一样。你刚刚差点说不了话!"

我话音刚落,尼娜马上转过身来,关切地看着琪蒂:"什么?"

"没什么!"琪蒂吼道。

"她很吃力地想要说出话来!"我愤愤不平地说,"很吃力!那所大学太可怕了,里面没有一样东西是给我们这样的人建造的。"

"艾迪,没有哪里是给我们这样的人建造的。"琪蒂喃喃地说。

"图书馆就是!"我很生气,"阿利森老师让一切都安静、有序、宽绰。"

"又发生了吗?"尼娜轻声问琪蒂,她的声音在汽车的噪音里几乎听不见。

"尼娜,"妈妈尖锐地说,"大学很辛苦,琪蒂还在适应中。"

"你不对劲儿,你为什么不告诉我,你怎么了?"我无视妈妈的话,继续追问琪蒂。

"因为没什么不对劲儿的。"琪蒂说着,顺势对我平和地笑了笑。我看不出她的眼睛是否也有笑意。"没什么事,艾迪,我很好。不用担心我。"

我坐回到座位上,狠狠地瞪着窗外。

"你在骗人。"

第十一章

我和奥黛丽差点儿上学迟到,因为我们在路上遇到了一只巧克力色的拉布拉多狗。它很贪玩很兴奋,看到我们很高兴,缠着我们一起玩耍。我十分渴望有一天能养一只宠物。动物总是比人更讨喜,尽管我越来越喜欢奥黛丽。她很会讲笑话,也很擅长模仿老师和电视上的人。我们走到校门口时还在大笑。珍娜和埃米莉在接待处等着,目的是确保我们看得到她们在窃窃私语和大笑。

"她们的生活太无聊了。"奥黛丽说。这句话让我开始思考。她说得对。我和奥黛丽在一起的时候总是忙着找乐子,没时间对别人指指点点,多管闲事。

奥黛丽紧紧挽着我的胳膊,我们昂首挺胸地走进学校,咯咯的笑声忍都忍不住。我们正脱下外套放好,这时我听到一个轻轻的声音说："艾迪？"

我转身看到珍娜，只有她一个人，没有埃米莉。

"什么事？"奥黛丽帮我答道。

"艾迪，我能和你谈谈吗？"

"我们现在就在谈话。"我皱着眉头说。

"不是，私下里可以吗？"

我不明白这有什么意义，但我还是跟着她去了女洗手间。我们进去后，我转身问她想谈什么，却惊讶地发现埃米莉也在这里，刚从一个隔间里走出来。

"你以为你很聪明吗？"她尖刻地边说边走近我，"你不是。你是千真万确的神经有问题。所以别再想着取笑我和珍娜了。明白吗？"

我感觉我已经踏入了尼娜喜欢看的一部可怕的电影中。埃米莉说话就像屏幕里的人物一样。她和珍娜都太想变成大人了。

"我们不是在取笑你们。"

"闭嘴！"

"也许你不应该取笑别人。"我一本正经地说，"既然这么讨厌被嘲笑，就不应该嘲笑其他人。你应该有一些，"我在脑海里翻开了我那无形的同义词词典，"同理心。"

埃米莉的脸上闪过了难以名状的表情，然后变成了冷笑。"你甚至不知道什么是同理心，你那有毛病的脑袋根本感觉不到。"

妈妈总是说，有些人是不值得回应的。所以我转身离开洗手间，拒绝对她做出任何反应。

我及时赶到了教室。奥黛丽向我投来一个眼神，我想她这是在问我发生了什么。我集中精力，用眼神告诉她稍后再跟她说。墨菲老师进来了，她让一个男孩分发数学练习册。我瞬间觉得自己的脊背僵直了。数学。我知道墨菲老师没有耐心，而且我数学很差。我们在学长乘法，我要花很长时间才能算出来。

果然，老师布置了一页作业，上面有十三道题要完成。

"保持绝对安静，"墨菲老师说，"不许讨论。"

我盯着眼前的数字，恐慌油然而生。我开始试着解题。墨菲老师跟我们说了怎么做题，还说不要用其他方式解题，但这对我没用。我试着换了一种方式，我用自己的方式得出了答案。

更简单，而且做出来了。

我左右为难。这样解题好像是对的，感觉是对的，但是解题过程看起来和别人的不一样。

我们继续上课，我第一次解出了每一道题，和其他人一起交了练习册。我如释重负，体会到了成就感。

在图书馆吃午餐的时候，我把这一切都告诉了奥黛丽。

"我讨厌数学。"她打着哆嗦说，同时咬了一大口苹果，"我哥哥说我们完全用不上数学运算。"

"你哥哥在这里还是在伦敦?"

"他在牛津,"她回答说,"在上学。"

"伦敦是什么样子的?"

"这个嘛,"她想了一会儿,"我觉得,伦敦就算装一百万个朱尼珀村也绰绰有余。"

"不可能。"

"可能。"

我对这种说法感到惊讶,"从你们的旧房子里能看到大本钟吗?"

"不能,"她说,"我们住在陶尔哈姆莱茨区,靠近金丝雀码头。小时候,我觉得天际线就在纽约,总有一天我要搬到那里去。"

"哇哦!"

我翻开书。

"这本是关于鲨鱼的吗?"

"不是,"我把书转过来,好让她看见,"女巫。"

"可想而知。"

在她吃苹果的时候,我又看了一会儿书。

"你喜欢鲨鱼什么?"

听到这个问题,我高兴得双眼放光,"我喜欢它们的一切。

鲨鱼的祖先比恐龙还要早出现几百万年。太古老啦，我甚至都想象不出来。"

"那确实很古老。但它们不吃人吗？"

"不，"我坚定地摇摇头，"如果它们把人误认作海豹，那也可能会咬一口，不过它们不会追杀人或吃人。"

"我不知道这些，"她咯咯地笑着，"我觉得它们很可怕。"

我眼里的光淡了下来，重新投入我的书里，心里既尴尬又悲伤。奥黛丽注意到了，她说："我是说，你知道这么多关于鲨鱼的知识，我觉得很酷。"

我有些抵触，语气中带着防备："它们是很棒的鱼，真的很聪明。"

"我喜欢海豚。"

"每个人都喜欢海豚，"我悲伤地说，"我不明白为什么它们比鲨鱼好。"

"它们只是看起来更友好，"她指出，"不那么可怕。"

我心不在焉地点点头，又把注意力转移回我的书里。我觉得心里有点空。很扫兴。我觉得我们说的也许根本不是鲨鱼和海豚。

第十二章

"教室见。"预备铃响起时,我对奥黛丽说。她看起来很困惑,但还是点点头。我把关于女巫的书放在一边,从包里拿出关于鲨鱼的书,把它放到阿利森老师的桌子上。

"已经看完了?你的阅读速度更快了。"他高兴地说。

"我不想再看了。"我轻声说。

他的笑容消失了,"呀,艾迪,为什么?"

我克制住了情绪想要爆发的可笑冲动,"它们很傻,没有人喜欢它们。"

"艾迪,"他坐在书桌边,轻轻地从我手里接过书,"你喜欢它们,这才是最重要的。"

我用袖子擦擦眼睛,环顾四周,问道:"有什么关于海豚的书吗?"

"啊,"他一脸惊讶,"对,我们当然有。但是……"

"我要一本关于海豚的书,谢谢。"

他停顿了一下,然后去给我拿了一本。我看了看,把它塞进我的包里,放在女巫的书旁边。我沿着走廊往回走,准备去上下午的课。我能感到他在看着我。

*

今晚只有我和琪蒂去参加村民会议。妈妈去上班时恳请我们要好好表现,还特别严厉地看了琪蒂一眼。琪蒂说我们会的,然后对我眨了眨眼。我笑了。

我们到达村礼堂时,正好抢到了中间的位置。麦金托什先生宣布会议开始,闹哄哄的礼堂渐渐安静下来。我不耐烦地等待着"新提议"环节的到来。会议似乎没有尽头,委员们的话好像永远都说不完。米里亚姆·詹森老太太大声训斥麦金托什先生不该打断她的话,她正讲述着清理朱尼珀树林里的垃圾是多么重要。

"苏格兰一半的塑料袋好像都堆在了我的前花园,难道我就不能发发脾气吗?"她对他吼道。

米里亚姆住的是村里最大的房子,但它隐藏在树林里。她不常来参加村民会议。事实上,我们很少看到她出来走动。琪蒂说她有点儿像隐士。

"一位富有的隐士。"尼娜补充说。

"米里亚姆,我已经对你承诺过,我会调查处理的。"

"是啊。等你的一句承诺兑现,就像是等我死去的丈夫重返人世一样,毫无意义!"

"米里亚姆,我不允许别人这样对我说话!"

"啊哈,我是在战争中活下来的人,我不怕你!"

大家纷纷表示不赞同,不过我和琪蒂要咬住自己的手才能不让自己笑出声。看到有人和麦金托什先生针锋相对,让他生气尴尬得脸色发紫,这真的太好笑了。

他终于宣布可以举手发言时,我第一个站了起来。

毅然决然、干劲十足、坚定果断……我的同义词词典里有几百个词可以用来描述我的决心。

"喏,小姑娘,"还没等我说话,麦金托什先生就打断了我,"我们知道你要提出的是什么,答案依然是不。"

"为什么?"琪蒂问道。

"你的提议是什么?"

我看了一眼米里亚姆·詹森老太太,是她问的这个问题。

"我希望朱尼珀可以设立一个纪念物,来纪念所有被指控犯了巫术罪的人。"

我在等着这位老太太翻白眼或说一些不屑的话。然而恰恰相反,她注视着我,脸上是一种我叫不出名字的表情。

"在朱尼珀曾有很多女性被绞死,"我听到自己对这位离群索居的村民说,"她们并没有经过恰当的审判。我一直在学校图书馆看相关的资料。还有一些女巫被烧死,或者被塞进装满钉子的桶里。"

人们发出了厌恶的声音,这激起了我的愤怒:他们怎么能坐在这里,不满我对事实的描述,却对那事实本身毫不在意呢?

米里亚姆又把注意力转回到麦金托什先生身上:"那你对这样的想法有什么意见?"

麦金托什先生从喉咙里咳了一声,开始掰着他那像香肠一样粗大的手指数着:"费用。时间。委托艺术家。这么多事,实在太麻烦了。"

"我会自己筹钱!"

座位上的一张张脸转过来盯着我看。

"我来筹钱,"我重复了一遍,"我会帮人遛狗、洗车、打扫花园。我来为此筹钱,麦金托什先生。我已经开始了,我已经做好了传单,很多传单!和我的朋友奥黛丽一起。"

"小姑娘,"另一位村委会委员说话了,"就算你把从这里到廷巴克图的车都洗了,也赚不到足够的钱。雕塑和饰板都很贵,需要大量资金和规划。"

"嗯,那村子的预算呢?"琪蒂直截了当地问道。

这个问题让麦金托什先生感到难以置信,笑得差点背过气去。"这份预算,"他深吸一口气,"是为非常重要的村庄事务准备的。"

"什么事务?猪赛跑吗?"琪蒂怒气冲冲地反问道。

"喂!"另一位委员麦克布莱德先生显然被这句话激怒了,"卡拉瑟斯获得了五次全国冠军。它赢了比赛,让很多人为它聚在一起。它今年就要去参加高地展了!"

"你最好试着去尊重这个村庄的传统,小姑娘。"麦金托什先生对琪蒂说,同时拍了拍汗流浃背的麦克布莱德先生的手臂,用力拉他坐回他的位置上,"这些古老的习俗在你看来或许可笑,但我向你保证,朱尼珀的大多数人不会觉得它们可笑。"

"这不可笑,只是可悲。"琪蒂口齿伶俐地反驳道。

"我认为这是个好主意。"米里亚姆明确表示。她用木制手杖敲着地板,就像敲木槌一样。

"我会筹到所有的钱,麦金托什先生,"我毅然决然地说,"我会的!我保证。"

"哎呀,让这小家伙试试嘛!"坐在后面的一位女士大声说。

"是啊,"另一个人也跟着说,"反正也没有什么坏处。"

"坏处，"麦金托什先生愤怒地说，"就是让一个患有自闭症的孩子觉得我们在纵容她这荒谬的想法，然后在事情不能如愿的时候让她心碎。"

"我是自闭者。"

他停住嘴，问道："你说什么？"

"我是自闭者。我不是病人，我只是和别人有点不同。"

他看起来准备要争辩，却又决定不争论了。"要求驳回。"他粗鲁地说。

"拜托，麦金托什先生！拜托！"我在脑海中搜索着，想着我需要选择哪种神经表现才正确。我需要做什么，才能让他们明白这有多么重要。我和每个人都进行了眼神交流，我已经做到了声音抑扬顿挫，表情丰富。我已经做了他们一直希望我做的一切，我还能再做些什么呢？

"拜托，"我环顾整个房间，"这些女性在这个世界上知道的最后一件事情、感受到的最后一种情感，就是恐惧。恐惧和痛苦。眼睁睁看着那些不理解她们的人，以莫须有的罪名指控她们的人！"我感到所有的不公都在我心中积聚起来。

"你们，"我的声音在颤抖，"完全不知道因为你无法控制的事情而受到惩罚是什么感觉。你们不知道，不然你们不会无视这件事的重要性。"

"爱丁堡有一口纪念她们的井,"麦金托什先生得意地说,他觉得这一招可以彻底击败我,"这就够了。"

"我见过那口井,"琪蒂插嘴说,"它没有承担所有的罪责,它不承认这一切的邪恶,它几乎把责任都归咎于受害者。"她迎着我的目光,悲伤地笑了。"我们应该做得更好。在这里。"

"我们会讨论这件事的。"麦克布莱德先生自作主张地说,尽管他看起来还是因为姐姐对猪的评价而恼火。

礼堂安静下来,人们低声交谈,委员们聚在一起交流着看法。我走到米里亚姆·詹森那里和她讲话。

"谢谢你帮我说话。"我说。

她没有抬头。所以我清了清嗓子,又说了一遍感谢。

"我听到了,"她粗声粗气地叫,"谢我没用,他们不会同意的。"

我瞥了一眼琪蒂,她正带着困惑的表情看着老太太。

"嗯,"我把袖子拉下来盖在手上,"不管怎样还是谢谢你。"

她哼哼了几声,但还是不看我。我不介意。我有时也这样,经常这样。

我在琪蒂旁边坐下来,她迅速摸了摸我的手腕表示支持。

"小姑娘!"麦金托什先生重新把注意力转回礼堂里。我们等待着宣布结果,人们的谈话声逐渐平息下去。

只不过是又一次拒绝。

然而,出于某种原因,这次拒绝对我的伤害并没有那么大。我知道我还会继续努力。我知道,就算他们说我做不到,我依然可以继续努力。

我会自己决定何时放弃。

第十三章

"你是谁呀?"

奥黛丽的妈妈倚在门框上,带着困惑的表情低头看着我。

我口干舌燥,手发抖,浑身冒汗,让我有种进行自我刺激的冲动。不知道为什么,这样简单的事情也会让我又紧张又害怕,但我就是紧张害怕。我鼓起了很大勇气才敲响那扇门。

"奥黛丽有空出来玩吗?"我用沙哑的声音问出了这个问题。

"什么?"

"那……"我心里开始发慌。我不喜欢在没有人陪着我、帮助我的情况下见不认识的人,我怕说错话。"奥黛丽在吗?"

"啊,"她的脸色亮了起来,"你是艾迪吗?"

"是的。"

"进来吧,她正在给她哥哥打电话,但她过一会儿就可以出去了。"

我宁愿在外面的花园里等,不过我知道这会显得很无礼,所以我进去了。这房子和我们家很像,但还没有收拾整理好,楼梯周围还堆着一些箱子。我能听到奥黛丽清晰又自信的声音从后面的厨房传来,所以我在客厅里犹豫徘徊。

"你真是个有趣的小东西,你可以直接进来的。"

奥黛丽的妈妈边说边笑。她说话有点口音,"小东西"听起来像是"小登西"。

"艾迪!"

我们都转过身,看到奥黛丽大步走进客厅。她穿着连帽衫,把帽子也戴上了,一只手拿着片吐司,另一只手拿着无绳电话。她把电话塞到她妈妈手里,开始穿鞋。

"你什么时候回来?"奥黛丽的妈妈一边问,一边把电话放回墙边的位置。

"还不知道,"我们走出前门时,奥黛丽说,"拜拜。"

我们往树林走去。奥黛丽说她有东西要给我看。

"我们绕那条远一点的路走吧,这样就不用看到那棵可怕的树了。"我们到达进入树林的小路时,她告诉我。

她的体贴让我吃惊。人们通常不会为我考虑,不会去想怎么做才能让事情对我来说不那么困难。

我们越过河流,在高高的大树间穿行,走向树林深处,然后我问道:"我们这是要去哪里?"

"一会儿你就知道啦!"

我讨厌惊喜。能够预测到事情,能够确切知道会发生什么,这才让我安心。在圣诞节,爸爸和琪蒂会尽可能地帮我把节日的活动计划安排好,并告诉我该做好所有的准备。

否则我就会不知所措。

尽管奥黛丽为了避开女巫树,带着我绕小路穿过了树林,但我还是能感觉到它的存在。我能看到它那丑陋的、满是树瘤的枝干,能听到那刺耳哭喊的回声。尼娜说这是因为它们都在我头脑里,它们是我想象出来的,但就算我是在想象,那又怎样呢?它们是真实的。它们现在会在我脑海里,只是因为它们曾经真实地发生过。

我的自闭也是我大脑的一部分,并不意味着它不是真实的。

"就在这条路上。"奥黛丽说着,带我走向一条岔路,朝树林更幽暗的地方进发。

我喜欢奥黛丽,也信任她,所以我跟着她走。妈妈说,我这个小朋友太容易相信人,也太敏感了,正因如此我很难交到朋友。别人刻薄时,我有时并不能完全了解。我想,如果他们说我们是朋友,那么这种刻薄也是我应受的。

但我知道奥黛丽不是那样的人。我想起了她说的关于鲨鱼的话，这让我心里感到一阵刺痛，我把这刺痛压了回去。

我和奥黛丽慢慢向前走着，路途漫长，我开口问道："你觉得朱尼珀怎么样？"

"还不错，"她想了一会儿后说，"这里太安静了。在伦敦，晚上总会有很多噪音，汽车、警笛、晚归的人。这里，晚上什么都没有。"

"穆恩先生有时喝醉了，晚上会在我们的街角唱歌。"我说。我在努力地维护着朱尼珀的形象，不想让奥黛丽因为太过想念伦敦，让她的父母把她带回去。

"我有时会想念以前的朋友们。"

我朝她看了一眼，想知道有很多个朋友是什么感觉，我觉得我一次只能交一个朋友，多了会无法应付。

"你的名字是来自电影明星的名字吗？"我问她。

尼娜在卧室的墙上挂着很多好莱坞老电影明星的带框海报。有一张海报上的人金发碧眼，大红嘴唇，穿着白色连衣裙，还有一张海报上的明星眼睛黑黑的，睫毛长长的。

但她最喜欢的明星叫奥黛丽·赫本，海报里的她身穿黑色连衣裙，戴着墨镜。

"不,我的名字是根据一种吃人的植物起的。"奥黛丽回答说。

我震惊地停了下来,"一种什么?"

"这种植物是在电影里的,"她兴奋地向我确认道,"是一部八十年代的老电影,我爸爸很喜欢它。"

"里面有一种叫奥黛丽的吃人植物?"

"是啊。我爸爸和哥哥参加了一个电影俱乐部,每周五晚上都有活动,现在我也加入了。播放的要么是以前的黑白电影,要么是古怪的音乐剧。"

她的笑容淡了下去,然后补充说:"唔,我们之前是这样的。不过丹尼尔现在在牛津,所以只有我和爸爸了。"

我真为她感到难过,但不知道该说些什么。我绝对不愿意让琪蒂搬走。

我通常会对某些主题产生浓厚兴趣,然后就想马上知道它的一切,比如鲨鱼,比如女巫。我很少想了解一个人的一切。

但我想知道和奥黛丽有关的一切。

"我们的新房子比我们在伦敦的房子大得多,"奥黛丽兴奋地主动说道,"我的卧室和我们以前的客厅一样大。"

"对啊,我觉得这里的空间更大。"

"大得多!"她激动地说,"唯一的问题是,这里的人看起来都差不多。"

我明白她的意思。我在新闻上看到了伦敦,那里的人看起来都各不相同，那里就像个大珊瑚礁，游弋着各种各样的鱼。

朱尼珀让我感觉更像是一个鱼缸。

"丹尼尔，我的哥哥……他以前经常偷偷溜到金丝雀码头的屋顶花园，俯瞰那些豪华漂亮的公寓。我求了他好久，他终于带我上去看了。"

"你们去了多高的地方？"

奥黛丽向天空举起双手，"比所有这些树都高。"

我目瞪口呆，"不可能。"

"可能！高得多啦。和吊车一样高，"她笑着说，笑得几乎有些悲伤，"我们可以看到整个城市。所有的摩天大楼、公寓、房子。我们可以看到哪些屋子里亮着灯。人们在他们的客厅里。就像很多小玩具屋。"

我仔细观察着她，说道："你一定很想念丹尼尔。"

她把目光移开，干巴巴地笑着说："啊，是啊。"

"他喜欢牛津大学吗？我觉得我姐姐不喜欢大学。她现在看起来真的很不一样。"

"他喜欢，"她平静地说，"他总是那么忙，那么……"

我们沉默地走了一会儿。

"我等不及要长大了，"最后，奥黛丽轻轻地说，"我要去美国，去唱歌。"

我朝她看了一眼,说:"美国太远了。"

"没错。"

"哦。"

"你可以跟我一起去!我要去纽约,那里有很多书店,你会喜欢的。"

"朱尼珀这里也有一家书店。"我提醒她。

"是哦,不过等我们要走的时候,你应该也把那里的书全都看完啦,"她迅速地回答,"艾迪,纽约会比这里好得多!没有人会觉得你怪异,他们不会对你这么坏。"

"我不知道,"我紧张地说,"大城市……有很多噪音。还有很多感官上让我难受的东西。"

"大城市很适合躲起来不见人,想出来才出来,"她向往地说,"你可以想隐身就隐身。"

我对她笑了笑。她不明白,我就是隐形的。真正的艾迪藏在了面具后面,按照各种社会规则制度,按照神经正常的人类的奇怪习俗,把自己伪装起来了。

"我一定会去看你的。"我告诉她。

她咧嘴笑了。我们继续走着。

"这里!"她突然喊道。

她抓住我的胳膊,我在反应过来之前就本能地缩回了手。

她松开手,就像被烫伤了一样。我的脸颊因尴尬而发烫,因抱歉而发红。

"对,对不起。"我扯着袖子,喃喃地说。

我能感觉到她在看着我,而我的眼睛只能盯着我那双脏兮兮的运动鞋下面的泥泞小路。

"你不喜欢别人碰你。"她轻声说。她是在陈述观察的结果,而不是提出疑问。

"我,我……"我的手开始颤抖,我能感受到手掌中的火花和脑袋里的电流。"对不起。我有很强的感官。有时候,触摸、噪音和光线可能对我来说有点多,会让我受不了,尤其是在我没有预料到的情况下。"

"你不喜欢拥抱吗?"

我很内疚,但还是无法抬起头。"只能和琪蒂拥抱。只有她。"

"哦。"

树在风的吹动中发出沙沙声,这是此刻唯一的声响。我终于平静下来,能够抬头看着奥黛丽。

"我们要去哪里?"

话题的转移似乎让她松了一口气。她朝我们走的方向猛甩了一下头,我们跑上一个小土堆,拐了个弯。

那是米里亚姆·詹森的房子。

那是一座高高耸立的老房子,看起来破旧不堪,遗世独立。破败,我词典中的这个词可能适合它。前花园很大,但长满了杂草。草地湿漉漉、绿油油的。有一堵摇摇欲坠的老墙和一扇铰链脱落的大门。还有一座几个月都没人打扫过的假山。

房子的前门高大、阴暗、气势逼人。

"是不是很诡异?"奥黛丽低声说着,在墙后蹲了下来,盯着房子。

"是啊,"我在她旁边蹲跪下来,说道,"这是米里亚姆·詹森的房子。"

奥黛丽盯着我,问道:"你认识住在里面的人吗?"

"不,"我轻声说,"嗯,我其实不认识她。我只是知道她。"

"她和这房子一样诡异吗?"她怀疑地问道。

"不是,她……不一样。"

"怎么不一样?"

我没办法向别人解释有什么不一样,那是一种感觉。"就是不一样。"

奥黛丽凝视着房子正面,"你说我敢到窗户那里去吗?"

"为什么?"

她对我咧嘴一笑,"因为好玩啊。"

她不等我给她壮胆就去了。她晃晃悠悠地爬过墙壁,缓慢而小心地爬到房子右侧的大窗户前。窗户又脏又暗，很难看到里面。

"奥黛丽，"我低声说，"我想我们该走了。"

"我只是想看看窗户里面。"她低声回答。

"我们这是私闯民宅。"

她站直身子，往窗户里看了一眼，然后发出一声尖叫。她连蹦带跳地跑回我这边，气喘吁吁，激动不安。

我马上就明白了。

前门打开，米里亚姆出现了，样子既生气又困惑。

"小毛贼，我有什么能帮得上你们的吗？"她对我们吼道。

"对不起，"奥黛丽差点傻笑出来，噼里啪啦地说道，"我只是喜欢你家阴森森的房子。"

米里亚姆翻了个白眼，"你不知道在别人家周围鬼鬼祟祟是很不礼貌的吗？"

我突然注意到她腋下夹着什么东西，又大又坚硬的东西。她捕捉到我的目光，顺着我的目光看过去。

"这是欧内斯特，"她坦率地说，"它是只乌龟。"

她把乌龟放在前花园的地上，它盯着我们看。

"你，"米里亚姆指着我，"就是你想建那个纪念物？"

"是的。"我平静地承认了。

"我们要去筹钱,"奥黛丽自豪地说,"我爸爸给了我们整整五英镑。"

"你们需要的远不止这些,"米里亚姆嘲笑道,"就算筹齐了钱,他们也不会答应的。"

我满心倔强和好奇,几乎忘记了紧张和恐惧。我向她走近了一步,问道:"为什么?"

她直视着我,冷酷的表情褪去了一些,"因为那不是值得骄傲的过去,不好看、不友善。在朱尼珀,他们喜欢友善的东西。对他们来说,友善比善良更重要。"

"友善和善良是一回事啊,"奥黛丽的脸上写满了困惑,"难道不是吗?"

米里亚姆盯着我,而不是奥黛丽,眉毛微微上扬,问道:"那你怎么说?"

我知道真相,"它们不是一回事。"

"对,"她平静地表示赞同,"而在这里,友善比善良更重要。一个大的纪念物会提醒他们,几百年前村子里做的一件坏事是不友善的。"

我一直没能真正理解什么是友善。我想戴上面具的目的就是这样吧——显得友善。

我咽了咽口水,说:"我不会放弃的。"

"你应该放弃。你希望的事情是不会发生的。努力只会让你受伤。"

我低头看着欧内斯特。它一动不动,让人捉摸不透。

"总是这样,每个人都说我做不成事情,"我听到自己在说,"医生说过我永远不会说话,还说我不能和正常的孩子一起上学。现在每个人都说我做不到这件事。"

我抬起下巴,提高音量:"我受够了听别人说我不行!"

"艾迪!"奥黛丽不敢相信我会这样说,对我发出了嘘声。米里亚姆的脸色没变。我和她沉默地盯着对方看了一会儿,然后这场争吵在我心中平息下去,我的肩膀也松弛下来。

"我不知道怎么去改变他们的想法。"我轻声告诉她。

"他们的想法不会改变。"米里亚姆直截了当地说。她弯下腰去抱起欧内斯特,然后走回房子里。她伸手关门时,最后看了我一眼,说道:"相信我,我知道。"

门"砰"的一声关上了。

我转身朝树林里的大路上走,奥黛丽追上我。

"她和那房子一样诡异,"她笑着走在我旁边,"嘿,艾迪,你觉得她是个女巫吗?"

"什么?"

"你知道的,树林里可怕的大房子,灰色长发,黑色衣服。

也许她是个女巫！"

"她不是女巫，"我轻轻地说，"我觉得她就像我一样。"

第十四章

我和奥黛丽在学校图书馆里。

"这是字典吗?"

"不是,是同义词词典。"我打开我的袖珍同义词词典,让奥黛丽看。我翻到封面内页,上面是琪蒂用她最漂亮的笔迹写出的我的名字(虽然还是有点不整齐,但我很喜欢),她还在周围画了一颗大大的心。它色彩斑斓、明亮醒目,让我每次看了都会笑起来。

奥黛丽也笑了。

"你最喜欢的词是什么?"我热情地问她。

她咧嘴笑了:"唔……天书。"

我惊讶地笑着,试着去查这个词。"干得好,你发现了一个不在这词典里的词。"

她也大笑起来。我们开始在词典里查找最长最荒谬的词，直到她失去兴致。我越来越能察觉并读懂他们的想法了，比如当人们不想再做某件事或谈论某一话题的时候。

在离开图书馆去教室的路上，我看到了珍娜。她穿着大衣在边上等着，看着她的鞋子。我打算不理她，但她抓住了我的胳膊肘。

"我不会再去厕所被埃米莉推来推去了。"我坚定地告诉她。她眼珠子骨碌碌地转着。

"不是，没事的。"说完，她瞪着奥黛丽，奥黛丽主动走开了。这些神经正常的人之间无须说出口的对话让我觉得很累。

"你为什么不做我的朋友了？"还没等她说话，我就直接开口问她。

她没有和我对视，回答我时也是低声咕哝："我只是很喜欢埃米莉，可她说我不能和你们两个人都做朋友。"

"所以你就按她说的做？"

"她家里有很多很酷的东西，"她抱怨道，"她会借给我东西。我们喜欢同样的小玩意儿。我不喜欢鲨鱼，不喜欢书，不喜欢你喜欢的那些东西。"

"我不喜欢发卡和指甲油，但我喜欢做你的朋友。所以这并不重要。"

她还是低着头。我觉得我没什么要说的了,所以走进了教室。

放学前,我们有一段安静的自习时间,所以我拿出了那本关于海豚的书。我开始看书。它们和我们一样都是哺乳动物,群居。书里没有什么能让我的大脑为之振奋的。在所有的照片里,海豚都是那副得意扬扬的样子。更重要的是,它们看起来都很像。我喜欢鲨鱼,是因为它们彼此间的差异是那么巨大,它们是那么有个性。

我转而翻开了女巫的书。当我看到书上说,那些女性因为使用草药而被指控运用巫术,我在脑海里清楚地看到了她们的面孔,她们的困惑、愤怒和沮丧。我可以想象到,在嘎嘎乱叫的原告面前,她们试着抗议,为自己的清白辩驳。这些辩驳听起来毫无意义,甚至在她们自己听来也是如此。我能闻到草药的味道,湿漉漉的草。壁炉里跳动着燃烧的火焰,那是一个还没有电的时代。

麦琪盯着那些喊叫着嘲笑着的脸,她知道,知道他们明白自己说的都是谎言,也知道和他们浪费口舌没有意义。我能听到她浅浅的一下一下的呼吸。她试着说服任何愿意倾听的人,"不,是他们错了。我和你们一样。我也和你们一样都是人。"

噢,麦琪,我敢说,你一定希望自己是个女巫。我敢打赌,在那些时刻,在他们指控你有超自然的力量时,你祈祷过能对他们所有人施咒，希望他们的谎言其实是真的。

我的手不停地动着，我需要自我刺激，我现在想象着它们蕴含魔法，抽搐的感觉只是因为火焰想要冒出去。如果我张开手指，摊开手掌，一道魔法就会飞出去爆炸。那足以让所有轻视和嘲讽我的人看到，存在着一种他们永远无法触及的力量。

我把麦琪的名字写在手心。我喜欢马克笔笔尖压在手掌上的感觉。

琪蒂正在校门口等着接我放学回家。一见到她，我就高兴得叫起来。

"奥黛丽，这是我姐姐。"我兴奋地给她们互相介绍。奥黛丽握了握琪蒂的手，打量着她五颜六色的衣服和长长的头发，问道："可是……你不是说她和你很像吗？"

琪蒂扫视着我和奥黛丽，说："哦，不，艾迪比我好得多啦。"

"琪蒂和我一样是自闭的。"我解释说。

"但是，"奥黛丽似乎很慌乱，"她——你看起来不像是自闭者。"

"我知道，我们看起来就像普通人一样。"琪蒂开玩笑地说，这让奥黛丽发出了略带尴尬的笑声。

"琪蒂？琪蒂·达罗，是你吗？"

我们循声望去，看到校门口有一位妈妈正盯着琪蒂。她大步走过来，嘴上在笑，眼里却毫无笑意。

"天哪，你最近怎么样，琪蒂？"

"很好，"琪蒂僵硬地说，"你好吗，博伊尔太太？"

"嗯，好，很好。邓肯也很好。"

"那就好。"

"天哪，不过你最近看起来好多了。"

琪蒂不舒服地朝周围瞥了一眼，反问道："我生病了吗？"

"哦，不，我是说……嗯，你知道的。"她笑起来，那是种奇怪、空洞的笑，"你好像已经痊愈了！"

我叹了口气。经常有人这样对琪蒂说。每当她伪装得很好，通过了他们那些无形的测试，她就会被问到是不是已经治愈了。

"不可能治愈的，"我告诉这个女人，"我们也不想被治愈。"

"艾迪，没事的，"琪蒂快速地说，"我们走吧。很高兴再次见到你，博伊尔夫人。"

琪蒂带着我们走了。我回头看了一眼博伊尔夫人，她也在看着我们，脸上的假笑已经消失了。

我张开手掌，读着麦琪的名字，现在手掌上的名字已经有点褪色了。

*

天气寒冷，肯定要下雨了，我和奥黛丽拿着空桶和传单站在书店外面。琪蒂倚在书店的墙上，盯着我们俩，没有干涉我们的筹款运动。

"为新纪念物筹集善款啦！"我自信地喊着，摇着我的提桶，这就是我们的募捐箱。

"给你！"琪蒂推着墙直起身，在她的口袋里掏了掏。她往我们两个的桶里扔了一些硬币，说："要让别人以为你们已经开始筹到钱了。"

我们高兴地摇晃着提桶，享受着叮叮当当的声音。

一辆汽车放慢了速度，车窗降下来，露出了鲁奇先生的脸。他就住在我们房子后面的那条街上。

"这是干什么的？"

"我们正在为新的村庄纪念物筹集资金。"我告诉他。

"纪念什么？"

"几个世纪前，"奥黛丽非常兴奋地说，"朱尼珀村认为一群女人犯了使用巫术罪，把她们处决了！"

鲁奇先生把身子靠回到汽车座椅上，看起来很惊讶，"啊，这有点儿黑暗呢。"

"那是一段黑暗的时期,鲁奇先生!"我对着他摇下的车窗晃了晃我的桶,"所以我们需要您的支持!"

"经济支持!"琪蒂靠在墙上喊着。

他看起来很不情愿,但最终还是把手伸进汽车杂物箱里拿钱,他往我的桶里扔了一张五英镑的钞票。

"谢谢,"我喘着气说,"太感谢您了,鲁奇先生。"

他紧张地笑了笑,把车开走了。

"整整五英镑!"我向琪蒂喊,她向我挥了挥手。

"这张钱币看起来不一样。"奥黛丽一边看着这五英镑,一边说。

"这是苏格兰的五英镑!"

"是不是更值钱了?"

我想了一会儿才说:"是的!"

"哦。那我们还需要多少?"

"不多了,"我肯定地说,"一个纪念物的花费不会超过二十英镑。"

"是呢。"

我们提着桶在书店外又站了一个小时,筹到了十四英镑二十便士之后,天漏了,雨水在我们周围哗哗地落下。

"艾迪，走吧，"琪蒂搂着我们两个，"得送奥黛丽回家。"

我看了一眼书店，问："我可以在书店里等吗？"

琪蒂看起来很犹豫地说："那你别离开，好吗？我先送奥黛丽回家，然后回来接你，你留在这里别走。"

"好！"

我向奥黛丽挥挥手，然后冲进书店，像小狗一样甩着头，把头发上散落的雨滴甩掉。

"艾迪，别把书弄湿了！"克利奥在桌子后面笑道。

我觉得她在开玩笑，试着对她笑了笑，果然是这样。

"筹款进行得怎么样了？"她热情地问。

"很好。我们快筹到十五英镑了！"

她温柔地微笑着，对我点了点头。

"我在等我姐姐，"我指着后面的儿童区，"我能过去看看吗？"

"当然可以。"

我从旅行、成人和杂志阅读区域走到了儿童专区。所有的颜色我都很喜欢。我找了一本参考书，窝在懒人沙发里开始看书。

我正翻着页，铃声叮当响起，店门打开了。

我抬起头，想看看是不是琪蒂来了，却发现来的是埃米莉和她爸爸，我的心猛地一跳。我记得去年在一次家长会上见过他，他一直在玩手机。

他们没有注意到我。

"你妈妈说的是什么书?"埃米莉的爸爸问埃米莉。他的声音很尖锐。

埃米莉看起来很温顺,和平时不一样。她从包里拿出一张小单子,递给克利奥。她的眼睛低垂着。

"我可以帮你订购这些书,"克利奥亲切地说,"可是……这些书对你来说有点儿幼稚了,小可爱。我们店里有一些很棒的书。"

"她在阅读方面很吃力,"埃米莉的父亲直截了当地说,"她跟不上同龄的孩子,她需要更低龄的书。"

我屏住呼吸。埃米莉看起来很痛苦,无法面对克利奥的目光。

"有声读物可能会有帮助,"克利奥没理会埃米莉的爸爸,继续对埃米莉说,"你在坐车时和睡觉前都可以听。或许你也可以在听的同时跟读?"

"只要清单上的那些书,麻烦了。"埃米莉的爸爸唐突无礼地说。

"好吧,我先在系统里查查这些书,你们可以在店里看看,"克利奥爽朗地说,"艾迪,或许你可以给她推荐一些好书?"

我缩了缩身体。埃米莉瞪着眼睛紧紧盯着我。我以为她会生气,会冷笑,或者是暴跳如雷。

相反,她看起来很害怕,甚至不只是害怕,而是恐慌。

我还没来得及说什么,她就转身逃离了书店,门在她身后"砰"的一声关上了。门铃声尖锐刺耳,充满愤怒。她父亲和克利奥露出惊讶的神色。

"周末前把那些书给我准备好!"埃米莉的父亲一边喊着,一边离开书店追了出去。

我和克利奥仍然处在震惊中,一言不发。我小心翼翼地把正在读的书放回书架,慢慢走向柜台。

"发生什么事了?"克利奥将她那粉红色头发从脸上拨开,开始将埃米莉书单上的书名输入老式电脑里。

"她在学校和我同班。"

克利奥仔细地看着我,说道:"但你们不是朋友?"

"唔……"我选择看书而不是看着克利奥,因为眼神交流已经有些太多了,太有侵略性了。"不算是。"

"她没有给你的女巫运动提供帮助吗?"克利奥笑着问。

我不知道她是不是觉得我的想法很傻。"没有,现在只有我和奥黛丽。"

"那个英格兰女孩?"

"是的。"

"嗯,我这里已经有一些人拿了你的传单,"克利奥愉快地说,

"我认为你的想法很伟大。"

书店的门铃叮叮当当地响了起来,琪蒂出现了,她被倾盆大雨淋透了。我看得出她已经耗尽体能,被天气打败了,只想回家。

"小艾,这次回家可不会是愉快的散步了,"她闷闷不乐地说,"外面的天空沉闷阴郁。"

遗憾的是,沉闷阴郁是我的同义词词典里找不到的词语之一,有阴沉、悲惨的含义。

我们走在回家的路上,琪蒂把她的书包举在我头上,权当作挡雨的雨伞。

"上次的村民会议,我真为你感到骄傲。"她说。

"是吗?"

"是的。我知道那些伪装一定很辛苦。"

她当然知道。

"我好像没办法让他们听我讲话。"我有气无力地承认道。我想到了米里亚姆说的话,"我不知道怎么让他们改变主意啊,姐姐。"

我们继续走路,她思考了一会儿,问道:"那好,事实是什么?"

我想了想后回答说:"很多年前,朱尼珀错误地杀害了许多女性。"

"这件事在当今为什么重要？都是很久以前的事了，为什么人们现在要关心这个？"

我知道，她问这些问题是为了让我更深入地思考，但我不喜欢听她这样问。人们应该做正确的事情，因为这是一件好的、应该做的事情。这对我来说最有意义。

"这很重要，因为做了坏事的人必须道歉和弥补。"

"嗯，"琪蒂耸耸肩，皱了皱鼻子，"谁会在乎几百年前的事情啊？"

"时间不重要，"我严肃地说，"事实上，正因为过去了很久，情况才更糟。都过去了这么长时间，依然无人在意。"

"参与的人全都死了，为什么依然重要呢？"

"因为它就是重要！"我崩溃了，"因为这让我害怕，琪蒂。如果他们意识不到这是错的，如果他们不承认这是错的，这样的事就有可能再次发生。可能发生在你身上，可能发生在我身上。这已经发生在邦妮身上了！"

"艾迪。"

"不！"我感觉到，有一种糟糕的、恐慌的情绪在我身上蔓延。我脖子后面在发烫，耳朵里的血管在跳动。"别跟我说这不一样，这就是一样的。"

"我知道。"她温柔地说着,把我拉进了她的怀抱。

我有点儿发抖,但不是因为下雨。

"艾迪,"琪蒂说得十分轻柔,声音刚刚能盖过雨声,"人们不要事实。事实是为屋顶瓦片和天气报告准备的。人们想要的是故事。你必须告诉他们整个故事。"

我靠在她的外套上,大口大口地呼吸,感受着脸上的雨水。"为什么他们不能只关心事实?"

她紧紧抱了我一下,只有一下,速度很快,然后说:"我知道的,孩子。我知道。"

我抬头盯着她,问道:"你怎么了?"

"你知道我怎么了,我们是一样的。"

"不对,"我不会让她轻描淡写地避开这个问题,"我看得出来,你有点儿不对劲。"

"艾迪,这天气真糟糕,我们回家吧。"

我的脚踏上了湿透的人行道,迎着雨朝她眨了眨眼睛。"你以前总是什么都告诉我的。"

"大人不能什么都告诉小朋友哦,艾迪,"她轻描淡写地说,"好吗?大人就是不能那样。"

"你不是大人,你是琪蒂。"

她苦笑道:"嗯,好吧。"

"你有什么不能告诉我的?"

"艾迪,"这一次她听起来就像是尼娜在讲话,"我们走吧,好吗?"

她独自走在前面,想让我跟上去。雨点落在她身上,她看起来无比孤独。

我跑着追上她。

第十五章

琪蒂在回家的路上显得疲惫不堪。今天在学校的时候,我依然想着这件事,想着她的黑眼圈,还有她不像平时那么爱说话了。

因为下雨,我们可以提前进教室,所以我把书放在我的座位旁,去了洗手间。我把水泼在脸上,看着自己在镜中的影子。我不常关注自己的长相,但我想试试能不能在我的脸上找到琪蒂的影子。我把头发放到脸颊两边,让它看起来更长一点。我知道我看起来不像尼娜,尼娜和琪蒂是双胞胎,但长得不一样。琪蒂的脸更圆更柔和,而尼娜的脸则是"轮廓分明",妈妈就是这么形容她的。

我想知道麦琪是什么样子的,她有怎样的容颜?那些所谓的女巫实际上长什么样?

我洗着手,感受着冰凉的水冲过我温暖的皮肤。我把手甩干,享受着这种感觉,然后回到教室。我感到有点儿过度刺激,但都还是我能控制的。然而,在我进入教室时,我感觉有些不对劲。

墨菲老师还没到,但几乎所有的人都聚集在教室后面,挤成一团。我搜寻着奥黛丽,看到她在窗边,用手捂住脸。我很困惑,不知道发生了什么。

"她来了!"有人小声说。

他们散开了,于是我看到了埃米莉,她正露出一种可怕的微笑。恶毒,词典里的这个词出现在我的脑海。她朝我扔过来一件东西,它打在我的肩膀上,似乎碎成了片。我低头去看。

是我的同义词词典。

他们用剪刀剪碎了词典。我跪到地上,颤抖着的手拂过被撕破的书页,书脊也完全断了。

"我的……我的……"

这声音听起来不像是我说的,而像从很远的地方传来的。

我打开这本袖珍小书的封面。有人用一支又黑又丑的黑色笔,在琪蒂为我画的画上写了一个词。一看到这个词我就崩溃了,泪水溅到了书页和那个可怕的词语上,我意识到我在哭。

弱智。

"我的书!"我的声音沙哑。

有人毁了我的袖珍书，把丑陋、残忍和不公平刻入了一直带给我喜悦的画面里。

我几乎无法呼吸。我抬头看着每一个人。珍娜正盯着地板，埃米莉迫切期待着我的反应，奥黛丽显得非常羞愧，其他人看起来既好奇又不自在。

他们的表情我都能看得懂，此刻他们全都是透明的，我看得清清楚楚明明白白。

"你们怎么能这样？"我听到自己刺耳的声音。

"我试着要阻止她，"奥黛丽喃喃地说，"但太迟了。"

我抬头看着埃米莉，"为什么？"

埃米莉怒视着我，鼻孔一张一张的，眼睛里燃着怒火。"因为我讨厌那本愚蠢的小书，讨厌你所有的书。"

"为什么！"我尖叫道。

一瞬间她好像吓了一跳。"因为！你并不比我好，弱智！"

这个恶毒的词从她嘴里蹦了出来。我看着班上的其他人，他们中的很多人都是我从四岁开始就一起上学的同学。

"你们就只是站在那里！"我声嘶力竭地大叫道，"你们就站在那里什么也不做！"

即使他们中有人表现出羞愧，我也看不到了。我的视线模糊了，血液在我的耳朵里砰砰作响。

"你讨厌她,是因为她比你聪明得多,"奥黛丽声音颤抖着对埃米莉说,"你受不了。"

"她不聪明,"埃米莉咆哮道,"只是她自以为很聪明,她只有那些愚蠢的书和脑子不好使的病。不是说她有病就能万事随她所愿了!"

我摇摇晃晃地站起来,我的身体好像飘了起来,飘到了离地数十厘米的地方。我隐约能听到奥黛丽愤怒地纠正埃米莉的话,告诉她我没有病,她的话听起来像是回声。珍娜的沉默更加响亮。他们所有人的沉默都很响亮。

我低头盯着那本书,那个词。

我觉得真实的自己在悄悄地溜走。我不是琪蒂说的一棵树,我什么都不是。我能看到的只有那本可怜的书、被折断的书脊,还有那个词。奥黛丽在我身边,想把所有的碎纸都收集起来。

"琪蒂可以再送你一本,"奥黛丽的声音听起来好像是从水下传来的,"会没事的!"

我不相信她的话。但是,我听到埃米莉说了些关于琪蒂的话,我甚至不知道她说的是什么,我只知道我在飞。我飞过空中,直接扑到埃米莉的身上,就好像多年前我对克雷格太太所做的一样。我听到呐喊声、尖叫声,还有人们跑来跑去的声响。我模糊地意识到埃米莉在我身下尖叫,我的拳头挥舞着,雨点般落到她身上。我听到门的砰砰声，然后有人紧紧抓住我的手臂，把我拖走。我听到大人们在疯狂地相互交谈，我感到脑袋里有电流在喷射爆炸。

"艾迪！"

是阿利森老师把我从埃米莉身上拉了起来。埃米莉在角落里对着一个校园监督员号啕大哭。他们一定是听到了尖叫声才过来的。阿利森老师关切的脸就在我面前，他想把我带回教室。

肩章鲨为了生存，能够关闭所有的器官功能，我觉得这就是发生在我身上的事。我的身体还在教室里，受到过度刺激，被过度使用，但我的思绪已经离开了，飞走了。

我的注意力返回教室时，墨菲老师已经到了，她在听泪流满面的埃米莉哭诉。

"她就那么攻击了我，"埃米莉啜泣道，"无缘无故。"

"骗子！"奥黛丽怒斥道。

"你给我安静点，"墨菲老师呵斥她，"如果我想听你说话，我会问你的。"

阿利森老师蹲在我身边，他看起来很担心，这让我感到羞愧。非常羞愧。我知道不能打人，但当时我失控了。虽然我现在还是有些失控，但我知道打人是不对的。

"你！"墨菲老师站到我身边俯视着我，样子是前所未有的可怕,"起来!"

我踉跄着站了起来。她抓住我的胳膊,毫不犹豫地把我拽到教室里安静的角落,一把将我推倒。

"你一个人坐在这里,坐到放学。你父母会被找来。"

我懒得告诉她,爸爸今晚在超市负责收工打烊,妈妈也要上夜班。我听到阿利森老师在小声地抗议,但墨菲老师说了些尖锐的话,让他离开。

他离开了。

我背对班里的其他同学坐着。我能感觉到他们瞥视的目光,我不在乎。我已经受审并被判有罪,现在不可能赢了。墨菲老师永远不会理解弱智那个词带给我的伤害,我甚至觉得埃米莉也不可能明白。

我突然想起网络视频上的那些评论,成百上千的陌生人说着那些最糟糕的话,而且信以为真。我想在教室的角落里躺下来睡一觉,我的大脑需要关闭重启。

但我只是等待着。

对不起。对不起。对不起。对不起。

第十六章

我坐在又小又黑的办公室里,墨菲老师在我对面。我们正在等尼娜,她在家里,学校接待员给她打了电话,跟她讲了发生的事,还让她过来一起商量。我能听到墙上的时钟在嘀嗒作响,还有隔壁办公室里学校秘书有规律的咳嗽声。

"你是个恶劣的坏女孩。"

墨菲老师的声音平静又致命。我抬起头看,她正怒视着我,没有再掩饰她的表情。她的厌恶里包含的所有颜色我都看到了。

"你像个牲口一样攻击埃米莉。我知道你又懒又不乖,但即使是这样,我也没想过你会……"

"我不懒。"我低声说。

"哼,你怎么不懒。我知道你那次数学考试是抄袭的,我知道你作弊了。"

我很困惑,然后我想起来了。我的解题,我的做题方式,"我没有抄袭。"

"别撒谎,"她呵斥道,"等你姐姐来了再说。"

我闭上了嘴。

"问题的一部分,"她换了温和的语调继续说,"是你那没用的父母从来不在身边管教你。"

我抬起眼睛,怒火在我身体里噼噼啪啪地燃烧。"他们在工作。"

"他们以为给你贴上标签就可以为你所有的不良行为开脱。你猜怎么着,小女孩?开脱不了。当初他们也无法为你姐姐开脱。"

我感受到一股愤怒,但我把它压了下去。

"她带来的是地狱,让我忍无可忍,"墨菲老师平静地说,"对一些人来说,她好得像金子,对我来说,她就是个恶魔。而你也没什么不同。"

我觉得自己的脸一下就红了。我从没想过要做恶魔,但是铺天盖地的怀疑淹没了我。也许我就是恶魔?也许我给墨菲老师带来了非常大的麻烦,但我却不知道?

我把这样的想法从脑海中抹去。我觉得自己就像是麦琪,一遍又一遍地被告知我是什么人。尽管我知道我不可能真是这样的人，但如果墨菲老师一直这么说，我可能会渐渐真的相信她的话。

"你们两个都不应该在这所学校，这是不对的。"墨菲老师继续说着，语气听起来很绝望，"我还有三十三个孩子要教，而你却为一点儿小事就发脾气。这对他们不公平，这对我不公平。我教书三十年了！每年要教的孩子都比上一年多，还有更多像你这样的问题儿童，学校很喜欢将你们强塞给我，却不提供任何支持。"

"这是崩溃，不是发脾气。"我哑着嗓子说。

"闭嘴！"

她的呼吸喷洒在我的脸上。我把目光移开，心乱跳，头也痛。我知道打埃米莉是不对的，动手的那一刻我就知道了，但我不认为自己是个坏孩子。我过着自己的日子，拼命地想让别人放心，想让他们知道我是正常的，我可以和其他人一样。

在今天这样的日子里，在我伪装失败时，我恨我自己，比任何人都更恨我自己。

我默默地祈祷尼娜能快点来，我不知道该对墨菲老师说什么，怎样才能让情况好起来。我不知道该怎么告诉她，我不坏，或者至少告诉她我不是故意表现不好的，我很努力地想表现好。

"那个可怜的女孩啊,"墨菲老师叹息道,"她身上的瘀伤可能几天就会好,但心灵的创伤会持续一生。"

她指的是埃米莉。我想告诉埃米莉我很抱歉,但我不觉得她们会相信我,就算她们知道我是真心的。

我听到了外面传来的声音时,突然松了一口气。门开了,尼娜出现了。从她的妆容我就能看出来,学校给她打电话的时候,她正在拍视频,我瞬间感到很内疚。然后,令我震惊的是,琪蒂出现在她身后。我听到墨菲老师猛地吸了口气。

尼娜看着我,脸上满是担忧。她迅速拉起我旁边的一把椅子坐下。"我们已经尽快赶来了,老师您怎么称呼?"

"墨菲。"

"墨菲老师。"

墨菲老师教过琪蒂,但没有教过尼娜,她们在不同的班级。很显然,墨菲老师对琪蒂的到来很不高兴,连我都看出来了。她盯着我姐姐,对她就像对我一样生气。我抬头看着琪蒂,她拒绝坐下,而是双臂交叉放在胸前,目不转睛地盯着墨菲老师,要在气势上压倒对方。我知道长时间的眼神接触对琪蒂来说有多不舒服,因为我也一样会不舒服。此时我却看到了这样的场面,我很惊讶。

"你的妹妹,"墨菲老师把目光从琪蒂转向尼娜,"可能会被勒令停学。"

尼娜迅速瞥了我一眼,她的表情有些慌张。"请……我不……我能问问为什么吗?"

"当然,"墨菲老师在她的转椅上坐直了身子,"她对另一名学生进行了人身攻击,无缘无故向她扑过去,狠狠地打了她一顿。我不能让学生在我的教室里得不到安全保障,我至少会做到让她停课,这样才能向埃米莉的父母保证这种情况不会再发生。说真的,开除学籍会是我的首选。"

"艾迪永远不会,"琪蒂平静却十分严肃地开口说道,"无缘无故攻击别人。永远都不会。"

尼娜急忙补充道:"她的意思是,艾迪受到过严格教导,不会随便打人。而且,她说得对,艾迪以前从来没有打过任何人。她知道不能这样做。"她看着我,对我说道:"你知道不能的。"

"我知道,"我嘶哑地低声说,"对不起,尼娜。"

"一次就够了,"墨菲老师继续说,"我从她的举止中看不出真正的悔恨。"

"怎么了,艾迪?"琪蒂在我旁边,眼睛睁得大大的,带着亲切的眼神问我,"哪里出了问题?"

"没有什么问题,是你妹妹有问题,"墨菲老师厉声说,"从第一天开始,她就让我觉得难对付。她不应该在我的班上,她不应该在这所学校,她显然需要一个习惯应对像她这样的孩子的人。暴力儿童不适合上普通学校。"

琪蒂回头看了看我的老师,她的脸色吓了我一跳,我从没见过姐姐这样,她充满了愤怒。"我好像还记得你也编造过关于我的事情。"她对墨菲老师说道,声音里仿佛布满了黑色的冰块。

"琪蒂,别这么说!"尼娜说。但她也转向我,问道:"发生了什么,艾迪?你得告诉我们。"

"我……"我看到墨菲老师喘着粗气瞪着我,"我很难过。"

我想告诉她们发生了什么,但话到嘴边却说不出来。想说的话都碎在教室的地板上了,就像我写的故事一样。我没办法表达我的感受,没办法说出我想说的话,它们就在那里,近在咫尺,但我却无法靠近它们。

"在这所学校,我们对欺凌行为采取零容忍政策。"墨菲老师严厉地说。

"哦,是啊,万一是老师在欺凌呢?"

"琪蒂!"尼娜厉声斥责她的双胞胎妹妹,但她看起来不是生气,而是害怕,"别再说了。"

琪蒂不理尼娜,她挺直身子站着,脸上带着淡淡的微笑,继续说道:"老师,你看起来……很紧张。简直是害怕。怎么了?我现在是太大了吗?"

我回头看了一眼墨菲老师。是真的,琪蒂在她身边时,她看起来显得心里有鬼,好像没有之前那么自信了。

"我猜,应该是我再也没那么好欺负了吧?我现在不是个容易打击的对象了。但你很幸运,现在我妹妹在你手上,她还太小,不知道你是个可耻的、无知的、欺凌弱小的懦夫!"

"琪蒂!"

尼娜大喊起来,而我很震惊。这样子跟老师说话,是我不敢想象的。我抬头看着琪蒂,想知道她到底中了什么邪。

"让我猜猜,"她仍然无视尼娜,而是继续说道,"你已经认定艾迪抄袭了别人的作业,是吗?因为自闭的小女孩不可能独立完成复杂的事情。其实你清楚地知道,她能做到,只是这让你很难受。让你难受,是因为你什么都教不了她,一切都是她自己学来的,这让你很痛苦!"

"你完全就和我记忆里的一样恶劣,"墨菲老师粗鲁地说,而且用的是之前形容我的那个词,"你还是完全不会尊重人。"

"你说得对,我对你一点儿也不尊重,"琪蒂说,"我知道,就算艾迪今天做错了什么,你也是从第一天开始就做错了的人。因为我了解你啊,老师,我对你印象深刻。我现在知道了我十一岁时不知道的事情。你根本不配靠近孩子,更不用说是自闭儿童了。"

墨菲老师气得语无伦次,她看着尼娜,想从尼娜那里得到支持。尼娜好像不知道该说些什么。琪蒂在我的椅子旁边蹲下来,关心取代了愤怒。

"艾迪,"她平静地说,"发生了什么?"

我还没来得及回答,就传来了敲门声。墨菲老师看起来满怀希望,知道可能会有人来帮她了。"进来!"

阿利森老师走进这个已经很拥挤的房间,后面跟着奥黛丽。我注意到她手里抓着我那本同义词词典的全部残骸。

看到它,我的心又碎了。

"什么事,阿利森老师?"墨菲老师的期待已经褪去了几分。

"我想来这里谈谈我对事件过程的看法。"阿利森老师向我的姐姐们点了点头,说道,"我目睹了事件的结局。"

"我目睹了整个过程。"奥黛丽坚定地说。

"艾迪被激怒了,"阿利森老师告诉尼娜和琪蒂,"她的物品遭到污损,她在全班同学面前受到了羞辱。我不是在为她的打人行为开脱,但我知道——我们都知道,这很不符合她的性格。"

"物品被污损?"琪蒂的目光从我转向阿利森老师。

奥黛丽伸出双手。

"不!"我大喊道。我不想让琪蒂看到那些碎片,我不想让她感受我的感受。"琪蒂,不要!"

琪蒂从奥黛丽那里接过了残破的词典,尼娜迅速走到她身边,想看看发生了什么。她们没能立刻反应过来所看到的是什么,然后尼娜倒吸一口凉气,她的手飞快地捂住了嘴。

"啊,艾迪,你的同义词词典。"

琪蒂的手拂过那本破损的袖珍书和被撕掉的书页时,我没办法看清她的脸。然后她翻开书的封面。

"不。"我恳求着,声音有些颤抖。

我没能阻止她看到那个词。尼娜也看到了,她看到那刺目的黑色字迹时,发出了一声低沉的呻吟。琪蒂没有任何反应。

"这是不能容忍的,"阿利森老师平静地说,"罪魁祸首应该在这里解释他们的行为。"

琪蒂转过身面对墨菲老师,举起写了那个词的那一页,说道:"你的故事中没有提到这部分。"

墨菲老师看起来很不自在,不是羞愧,而是不自在。"没有什么可以成为暴力的借口。"她回答。

"但这解释了一切,你这个怪物!"琪蒂喊道,声音大到让尼娜抓住她的胳膊肘,把她往后拉。

"我不会让暴力出现在我的教室里！"墨菲老师厉声说。

"这就是暴力，"琪蒂挥舞着书页，指着那本破损的书，"这是另一种形式的暴力，这暴力显然让她崩溃了！"

"我很抱歉，打了埃米莉。"我被她们的喊声吓到了，结结巴巴地说，"我知道不该那样做。只是，看到我的书时，我理智的弦突然崩断了。"

"这是事实。"奥黛丽说，"埃米莉在刺激她，说着可怕的话，就当着所有人的面，"她的声音有点颤抖，"那太可怕了。"

尼娜把词典的残页收集起来，把它们都塞进她的包里。"你让我们坐在这里……"她说道，她的声音有些凶悍，我从来没听到过她这样说话。"你让我们坐在这里，让我们以为只有我们的妹妹做错了。我觉得很恶心，我甚至不能……"

像我一样，尼娜在这一刻没办法表达自己的想法。我从来没见过她这样对大人说话。

"你甚至还想让她停学，甚至更糟！"她继续愤怒地大声说，"你知道自闭的孩子被人置之不理后会发生什么吗？就因为有你这样的偏执狂！"

"我建议，"阿利森老师大声而平静地说，"我们再安排一次会面，把埃米莉·福斯特找过来，我们一起解决这个问题。目前大家的情绪非常激动……是可以理解的。"

"当然！"尼娜咆哮着，抓住我的手，把我带到门口。她在我们出门前停了下来，粗暴地帮我穿上外套，一边嚷道："如果你还认为，我不会向校方投诉你的行为和对待我妹妹的态度，那你就是在做梦！"

第十七章

在走回家的路上,我们三个都默默无语。也许,姐姐们和我一样,也不知道该说什么。

"我真的很抱歉。"我终于忍不住开口了。

尼娜有些茫然地低头看着我说:"我们知道你很抱歉,艾迪。你做错了,但我们知道你在为此感到抱歉。"

"你做了……我会做的事。"琪蒂静静地说,这让我感觉好一点儿了。我注意到她呼吸困难,看起来筋疲力尽,而且说话很慢。

"不过,"尼娜叹了口气,"你知道这是不对的,这让我很欣慰。"

"你为什么不直接告诉我们?"琪蒂问,"艾迪,这是完全可以被理解的。"

"琪蒂,我不想让你知道,"我有些绝望地轻轻说,"我不想让你也受到伤害。"

尼娜闭上眼睛,仿佛很痛苦。琪蒂捏了捏我的手,说道:"艾迪,我以前在墨菲的班上也听到过这种话,更糟糕的也听过。你不用为我担心。"

但是,我抬头看到她疲惫的眼睛、干裂的嘴唇和苍白的脸,还是忍不住担心。琪蒂有点儿不对劲,这已经持续一段时间了。我不知道怎么描述,不知道怎么帮她,但我看得到。

"艾迪,我们能单独聊聊吗?"

尼娜的这句话让我和琪蒂都感到惊讶。

"当然可以,尼娜。"

琪蒂说她先回家等我们。我和尼娜走到一堵旧石墙那里坐下来,尼娜看着琪蒂走开,脸上也浮现出了和我一样担忧的表情。琪蒂缓慢又小心地移动着脚步,似乎每踏出一步都要付出巨大的努力。

我替她感到恐慌。

我盯着地面,担心尼娜又会责备我,但她没有。我们静静地坐了一会儿,任由苏格兰十月的风在我们身旁呼啸肆虐。

"艾迪,对不起!"尼娜总算开口了,但是她的声音在风声中几乎听不见,"非常抱歉。"

"为什么?"我问道,心里感觉有些莫名其妙。

"那个女人,"尼娜摇摇头,"那个可怕的女人,她一直这样对你吗?"

"她从第一次见到我就不喜欢我,"我承认说,"我不知道为什么。我们只是不像我和阿利森老师那样合得来。"

"艾迪,这是因为她是个欺凌者,"尼娜坚定地说,"她是个欺凌者,像埃米莉那样的女孩之所以那样对待你,是因为墨菲老师的默许。老师这样做,所以学生也以为他们可以这样做。"

我想她说的是对的。

"对不起,我让你出现在那个视频里,"她又说,"我为这一切感到抱歉。我一直不是个很好的姐姐。"

"你是,尼娜。"

"不,我不是。我……我一直觉得做个好姐姐很难,因为你和琪蒂之间有你们独特的联系。"

"但琪蒂是你的双胞胎妹妹。"

"是的,但我和你们两个不一样。你们有你们自己的语言,你们自己的特殊暗号。我总觉得有些被冷落了。"

"但这是我们和别人在一起时经常有的感觉,"我试着解释,"所以我和琪蒂拥有彼此,我们有我们的暗号,因为我们并不总是能理解其他人说话的方式。"

"我知道，"尼娜肯定地对我说，"我知道。我也很高兴你们有彼此，只是……有时候有点儿难。"

她吸了吸鼻子，继续说："你知道的，我只是不想让你有和琪蒂一样的经历。"

"什么意思？"

"我，"这一次尼娜成了回避眼神交流的人，"我从来没意识到她要面对的是什么。我们在不同的班级。我的班主任是布莱特老师，她爱每一个孩子，总是鼓励我们，读书给我们听，每学期期末给我们送礼物。但琪蒂的老师是……她。"

墨菲老师。

"我有那么多朋友，"尼娜苦笑着说，"而且你知道吗，在我们的小团体里，是由我来决定她们的地位的。大家都围着我转，以我为中心，我觉得自己很重要。当她们说到不敢相信我和琪蒂是一家人时，我还会同意她们的观点，鼓励她们那么说。"

我听着，一言不发。

"妈妈让我们一起举办十四岁生日派对，"她继续说，"琪蒂求妈妈不要办，但是妈妈已经决定了。我邀请了我所有的朋友。然而没有人来给琪蒂庆祝生日，除了邦妮。"

我依稀记得有这么件事。

"我的朋友们都在取笑她们两个，"尼娜用沙哑的声音诉说着,"而我什么也没说。但当他们欺负邦妮的时候,琪蒂教训了他们。她很凶!她不在乎别人对她说什么,但她不让他们欺负邦妮。"

在那之后不久,邦妮和她妈妈就搬回了英国,到了北安普顿。几个月后,邦妮被带走了。我想到,琪蒂在和自己双胞胎姐姐的朋友对峙,而尼娜坐在厨房的餐桌旁,什么也没说。我想到,学校里的那些同学任由埃米莉撕我的书、写下那个可怕的词,什么也没做。

"还有,"尼娜带着恍惚凝视着远方,轻轻哭了起来,"我一个字也没说,我一直没阻止我那些所谓的朋友做不好的事情。但他们现在都在哪里?他们都上了大学,而我却没有他们任何一个人的消息。一个电话都没有,什么都没有。"

她的肩膀在颤抖。

"琪蒂从来没有,"她自豪又痛苦地吐出这句话,"放弃过邦妮。从来没有。她也永远不会。"

她踢着一块石头。

"她比他们都强。一直都是。"

我凝视着她,她眼里的泪光告诉我,她很悲伤。这一次,我清楚地知道了自己该说什么。

"我爱你,尼娜。我不需要你和琪蒂一样。我爱你,因为你就是你。"

她突然放声大哭，吓得我跳了起来。"我说错话了！"

"没有，没关系"，她露出泪水汪汪的笑容，"对不起。我也爱你，艾迪。就爱你本来的样子，不过可能是不打人的你。"

我笑了。

"我可以抱抱你吗？"她问。

"来一个很快的！"

她照做了，是一个快速却坚定的拥抱。我不记得我们上次拥抱是什么时候了。

但那不重要，因为现在我们正在拥抱。

第十八章

和尼娜一起走回家时,我又开心又释然。但是一进家门,我就感觉到有些不对劲。灯关着,楼下没人。我看向尼娜,她也在皱眉头。她打开大厅的灯,叫着琪蒂的名字。

前门开着,所以琪蒂一定在家。我在厨房和洗衣房找她,没有找到。

我跑上楼梯,一步两个台阶,冲进了她的卧室。

空无一人。

"啊!琪蒂!"

我听到了尼娜的声音,于是连忙跑下楼,冲进浴室。看到琪蒂蜷缩在角落里,就像完全没了气息。我不禁叫出了声。

尼娜坐在她身边,抚摸着她的头发。我慢慢走进浴室,一时间又害怕又困惑。"她怎么了?"

"她精力耗尽了。"尼娜轻声说,声音几不可闻。

"什么意思?"

"她的系统超负荷工作啦,她不堪重负,就崩溃了,"尼娜的声音依然压得很低,"过几天就会好的,希望如此。"

"以前有过这种情况吗?"

"有过一次,你不会记得的,"尼娜小心翼翼地说,"我们不想让你担心。"

尼娜和琪蒂对我隐瞒了一个秘密,这让我莫名地难受。

"要不要扶她起来?"

"不用,就在这里和我们坐一会儿吧。"

我挤到她们旁边。我不明白为什么尼娜没有像我一样害怕,我从来没见过琪蒂这样,自从克雷格太太那件事之后就没见过。

"她在大学里过得很艰难,"尼娜喃喃地说,"拼命伪装很辛苦,她不想让你担心。"

"但现在我很担心。"

"我知道,"尼娜说,然后她笑了,"我们这一家子啊,哈哈,瞧瞧我们是什么样子哦?"

琪蒂笑了,但没说话,也没有睁开眼睛。尼娜还在抚摸着她的头发。

"没事的,艾迪,"尼娜语气坚定地说,"她会没事的,她只是需要休息一下。这回看起来没有上次那么糟糕。她只是太累了,别那么害怕。"

"这……这会发生在我身上吗?"

尼娜诚实地回答:"我不知道,艾迪。"

等到琪蒂能动时,我们把她送回房间,扶着她躺到床上。尼娜关上灯,播放起非常安静轻柔的音乐,然后准备带着我离开房间,让琪蒂一个人待着。但琪蒂说话了。

"艾迪,留下来。"

尼娜放开我,但是看起来不太高兴,"琪蒂,你需要休息。"

"没关系的,尼娜。"

尼娜关上门,我爬上了床尾。

"抱歉,艾迪。我不想让你害怕。"

"我不知道这种事会发生在你身上,"我脱口而出,"我……我不明白。"

"我想,是在大学的伪装给我带来了不好的影响吧,"她承认道,"而且我不该对墨菲老师大喊大叫。"

我皱着鼻子说:"她活该。"

琪蒂笑了笑,"是啊,大概吧。但这是我忍耐的极限点了,"她推了推我,"我们今天都崩断弦了。"

"你怎么什么都不说?我不傻,我能看出你的脸色有多苍白,样子有多疲惫。"

"嗯,你比我聪明,艾迪。我没想到会这样。"

"这就像你的大脑在试着重启吗?"

"是的,就是这样。"

"和我今天的感觉一样?"

琪蒂把手伸到床底下,递给我一本大大的精装书,是一本关于海洋的百科全书。我盯着它,感觉不知所措。"可是……"

"我知道你喜欢鲨鱼,"琪蒂说,"就算你想假装不喜欢,但我想,了解海洋里的一切也是件好事,至少可以尽可能多了解一点。我本来打算在下周的村民会议后再把它送给你的,但我觉得你现在更需要它。"

我翻开这本书,书太厚了,内容太多了,让我眼花缭乱。

"海洋需要各种各样的鱼,"琪蒂轻轻地说,"就像这个世界需要各种各样的头脑。如果只有一种就太单调沉闷了,不是吗?"

我知道她想说什么。"我想,是这样的。"

"就算是在今天这样的日子里,"她边说边给我翻开一页书,上面是珊瑚礁和很多五颜六色的鱼,"即使是在今天,我还是不会去改变你,也不会改变我自己。"

"真的吗?"

"真的。让我崩溃的不是我的大脑,而是伪装,是隐藏,是并非为我们建造的世界的样子。"

"你不用为我隐藏自己,琪蒂。"

"但你得明白,艾迪,"她拉着我的手,"在我像你这么大的时候,我不像你,我不是一棵树,我是一片叶子。我又生气又害怕,没有人能告诉我,为什么我会是这样子。然后,你出生时,我意识到我们是一样的,或者至少是相似的。这太棒了。"

她停顿了一下。

"可是,你越是佩服我,我就越难开口说起那些糟糕的事情,那些艰难的日子。"

"对不起。"

"不用说对不起,没什么好对不起的,"她叹了口气,"我就是怕吓到你,或者让你失望。"

我试着理解琪蒂的话。在我看来,琪蒂一直都很完美,她总是知道该说什么,该做什么,总是能回答我的问题。我不知道这是有代价的。

"我不是一棵树,艾迪,"她苦笑着说,"总有一天,风会把我吹走。"

"不,"我生硬地说,"我不许。"

"现在,你听我说,"她合上书,把它移到一边,"我希望你,在下周的村民会议上,告诉他们你的故事,告诉他们所有的事情。

让他们明白，为什么记住这些人对你来说这么重要。"她抽了抽鼻子，揉了揉疲惫的眼睛，问道："你能为我这样做吗？"

"告诉全场所有的人？"

"你可以把你想说的话写下来，"她急切地说，"我想，这能让他们更好地听下去。"

"琪蒂，我不行。"

"我知道这很可怕，"她温柔地说，"但是，相信我，诚实地公开自己的真实身份、真实的样子，虽然也会遭到少数人的反感，却总比为了得到许多人的容忍而隐藏真实的自己要好得多。"

"这就是会发生这种情况的原因吗？"我问。

"我想是的。所以不要像我一样，艾迪。"

"我一直只想成为你这样的人。"

"这次不行。做你自己，告诉他们为什么重要，让他们明白。你知道吗？在大学里，整个学期里我所做的就只是去伪装。我伪装得太好了，都骗过了自己。而我越是装得像他们，他们就越会鼓掌。我越是伪装，我就越觉得真实的自己在消逝。"

她捏了捏我，说话时声音有些颤抖："而这不值得，艾迪。没有人值得你去感受那种感觉。你要去找到那些接受真实的你的人。"

"就像奥黛丽？"

"是的,就像奥黛丽那样。"

我知道她是对的。和奥黛丽在一起比和珍娜在一起容易多了。每次我放松下来做我自己的时候,珍娜总是会很失望或厌恶,而我一直在伪装、适应和隐藏。

我不想再隐藏了。

"你是我最好的朋友。"我静静地说。

她快速而又坚定地把脸颊贴在我的头顶上,回应道:"你也是我最好的朋友。"

她没有再多说什么。我们挨在一起睡着了。

第十九章

我坐在田地里写着演讲稿。琪蒂说演讲时不要依赖记忆,所以我要在会议前把稿子写好。一头奶牛看着我,慢慢地嚼着反刍的食物,头部的毛发遮住了它的眼睛。

"我觉得这次演讲不会改变任何人的想法。"我无奈地告诉奶牛。

牛的鼻孔张开了。

"我姐姐状态不太好。"我告诉它。

又有两头奶牛慢慢走过来,来看看发生了什么事。母牛天生爱管闲事。它们控制不住自己,它们太好奇,太容易相信别人了。

但是,它们却是非常好的、可以向之吐露秘密的知己。

"姐姐生病了,还想瞒着我,"我解释说,"我就知道不对劲,我看得出来,但大人从来不对我说实话。"

又有三头牛悠闲地走过来。

"很多人都不诚实,"我补充说,同时潦草地写了一个字,又写了一个字,"他们说自己很好,其实他们并不好。他们说很高兴见到你,但其实他们不高兴。"

一头牛试探性地舔了舔我的太阳穴。

"艾迪?"

我抬起头。珍娜正站在栅栏边,遛着她家的狗,佩宝。看到我坐在草地上,身旁围着一群好奇的奶牛,她显得有点儿震惊。

我定定地看着她。她走了过来,穿着昂贵的、粉色的长筒靴子。

"你……"她支支吾吾,紧张地拽着佩宝的牵引绳,"你好吗?"

我低头看着我的记事本,继续往下写。

"你在写什么?"

"演讲稿。"

"为了什么?"

"我还在为我的纪念物运动努力争取。"

"哦,"珍娜瞅着我写的东西,"为了那些女巫?"

"是的。"

"你没有放弃。"

"没有。"

"艾迪,"她的声音染上了绝望的色彩,是一种病态的白色,"我对之前发生的事感到很抱歉。"

"我也是。"我喃喃地说,开始写新的段落。

"我知道,"她走近了一点,"那不是很友善。"

我叹了口气,抬头看了她一眼,朝着十月寒冷的阳光眯起眼睛,"我不在乎友不友善,珍娜。我真的不在乎,我不在乎你们对我的看法了。"

"我不知道她会那样写,我发誓,"她含糊不清地说,"我保证。她说她要写点东西,但我不知道会那样写。"

"珍娜,我不在乎。"

我站起来,把记事本夹在腋下。

"如果有人想拿走对你来说有意义的东西,我会阻止他们。如果他们辱骂你,我会告诉他们闭嘴。朋友就该是这样做的,好人就该是这样做的。可你就只是站在那里。"

"没有人知道该怎么办。"她红着脸申辩道。

"奥黛丽知道,阿利森老师知道。"

"奥黛丽……"珍娜翻了个白眼,听我提到朋友的名字,她沮丧地吐了一口气,"她很奇怪,艾迪。她看起来和我们长得不像，讲话听起来也和我们不像。"

"我不需要我的朋友看起来像我，"我尖锐地说，"我不需要他们听起来像我，我不需要他们喜欢我喜欢的一切，我甚至不需要他们像我一样思考。但是，当有人在我姐姐送我的礼物上写下可怕的词语时，我确实需要他们为我挺身而出。"

我从她身边走过去，跳过栅栏。我没有回头。

*

终于，琪蒂看起来好多了。

妈妈、爸爸、琪蒂、尼娜，还有我，我们一起到朱尼珀树林里散步，去看那棵让我纠结了好几个星期的树。

妈妈和爸爸对埃米莉做的事很不高兴，他们本来安排了一次会面，但埃米莉的父母取消了会面，因为她终于对父母承认她在我的词典上写了什么，承认她撕毁了我的词典。妈妈和爸爸投诉了墨菲老师。

天气越来越糟糕，我和奥黛丽在图书馆的午餐时间越来越长了，我请阿利森老师帮忙一起完成我在村民会议上的演讲稿。

现在，我们在一起散步。在村里开会之前，在朱尼珀冬季来临前的最后几个秋日。

"重要的是，这种情况不能再发生了。"妈妈坚定地说。

我点点头，说："我知道。我不该打她，我知道。"

"我不是这个意思，"妈妈说，"我知道你很抱歉。我知道你明白打人不是正确的做法，但她的所作所为实在是太可怕了。"

"是的。"爸爸和琪蒂齐声说。

"她是故意这么做的，故意伤害别人，"妈妈继续说，"如果你对另一个孩子做了这样的事，我会非常担心。"

的确，我从来没有想过去撕毁别人的东西，然后在残破的书页上写恶毒的话。

"我看到了一些不该看到的东西。"我说道。所有人都转过来看着我。

"什么？"妈妈担心地问。

"我在书店看书的时候，埃米莉和她爸爸走了进来，"我一边盯着我的脚一边讲起当时的情况，"她爸爸很讨厌，让克利奥订一些幼儿读物来帮助埃米莉阅读，他说她跟不上。"

妈妈深深叹了一口气，摇了摇头。

"嗯，这就有点儿解释得通了。"爸爸温和地说。

"她盯上你是因为你阅读很棒，"尼娜解释说，"欺凌者就是这样。他们想让你对你所拥有的美好事物感到糟糕，那些他们想拥有却得不到的东西。"

这对我来说没有多大意义。关于欺凌者的一切对我来说都没有意义。

"艾迪,"妈妈的语气听起来很坚定,但并不生气,"在这次词典事件之前,埃米莉有没有对你说过什么、做过什么?"

"唔,"那些被唤醒的记忆像电影画面一样一幕幕在我脑海里播放起来,"她好几次骂过我蠢,还说没人愿意和我一起吃午饭。她还说,如果是在几百年前,我就会被当作女巫烧死。"

妈妈停下脚步,发出了奇怪的声音。爸爸赶紧捏了捏她的肩膀,他们又一次进行了无声的交流,我看不懂。

琪蒂甩了甩头发,看着我,脸上恢复了血色。"艾迪,当他们的邻居因为莫须有的罪名被拖走时,朱尼珀的那些村民都做了什么?"

这好像是个棘手的问题。"他们做了什么?"

"是啊,他们做了什么?"

"唔……什么都没做。"

"就是这样!"

我想到,尼娜任由她的朋友欺负邦妮和琪蒂却一言不发后,是多么的羞愧和痛苦。我想到,那些女巫被人拖着穿过树林时向外望去,望着她们或许认识了一辈子的那些面孔,那时候的她们又会有什么样的感受。

"你班上所有的孩子都袖手旁观,什么也没做?"琪蒂继续说。

"不包括奥黛丽。"我小声说。

"我想,"琪蒂把几块鹅卵石踢出小路,"我宁愿因为是女巫而被烧死,也不愿意袖手旁观,目睹悲剧发生。"

"现在没有人要烧死谁,"妈妈简洁地说,然后转向我,"艾迪,如果埃米莉整个学期都在这样做,你应该告诉大人,这是很重要的。"

"她没法如实告诉那个墨菲老师。"爸爸指出。

"那你就告诉我们啊,"妈妈悲伤地对我笑着说,"你总可以告诉我们,或者阿利森老师,或者你的其他老师。"

我点头表示理解。"我只是……我只是不知道大人也会欺负人。"

没人说话。那棵树就立在我们的前方,我神情恍惚地向它走去。没有人跟上来,这让我心里很感激。那棵树高高耸立着,带着永恒不变的蔑视。它的树枝尽是树瘤,昭示着某种不祥。

有些树枝细得可以折成两截。

还有一些粗得可以吊起绳子。

我触摸着它的树皮。爸爸曾经说过,把一棵树切开,就能知道它的故事。我有时会有树的感觉,我有时无法大声说出我的感受,但有了纸和笔,我就能把一切都说清楚。

有了树才会有纸,哪怕是像这样一棵受到诅咒的树。

我想起了墨菲老师撕毁我写的故事那件事。我知道她不可能完全明白她到底做了些什么,她夺走了我的声音。

她撕掉我写的故事时,我又害怕又窘迫。我很自责,我低头看着我写的字,被她说成令人厌恶的、丢人的字。我告诉自己,虽然我不明白她为什么生气,但她一定是对的。我一边听她责骂,一边吸收着她的话语,让它们渗入我的身体。

但事实上她是不对的,她那样做是不对的。

我不在家的时候,每时每刻都在重新思考我所想和所做的一切。我研究人们的表情,以确保他们接受我所说的话,确保他们不会感到困惑或受到冒犯。

我让自己变得渺小。我缩到边上,眼睛低垂,手掌伸出,就为了乞求那一点点的同情。

那些人有谁为我做过同样的事吗?他们有没有想过,太过深刻地听到、感受到一切,会把人击垮。他们有没有想过,忍受这一切是多么困难?墨菲老师更关心我的字迹看起来什么样,而不是我的故事写了什么内容。她讨厌我用自己的方法解题,却不在意我的答案对不对。

我与众不同的解题方式,与众不同的存在,是激怒她的原因。而我却让这一切影响了我,让我收起了关于鲨鱼的书。

我站在这棵树前，我了解它的过往，我把整个手掌紧紧地按在它的树皮上。我用力推着这棵树，直到要把我的手弄伤。我想象着，我推着的是所有可怕的词语、讨厌的语气、白眼、喊叫、要求、命令、残酷的笑声，他们想让我听到的话，他们认为我不能理解的事，缓慢的上下打量、嘲笑、不尊重、残缺的宽容和一直不变的不愿理解。

所有的这些，都被我用双手推到了树上。我这样做的时候，所有的羞愧、恐惧、焦虑好像都转移到了树皮里。

最后我猛地用力，把埃米莉写下的那个可怕的词推了进去。

我感受到了自由。因为我在经历了这些事之后明白，我是没有问题的。

我没有问题。

我不会让别人利用我的与众不同，把它当作棍子来打我。我想象着自己把这根棍子扔进了河里，看着它漂走、消失。

我把额头贴到这棵大树的树干上。

"玛丽。"我轻声说。

"吉恩，"我继续轻声说，"麦琪。"

我从大树前跳开，冲回家人那边，仿佛被什么火花惊到了。我喘着粗气，抬头盯着那棵树。它好像没那么可怕，没那么强大了。

妈妈、爸爸、尼娜和琪蒂站到我身后时,我还在大口喘着气。没有人说话。

我们站着,我们一家五个人,站在河边,站在那棵树旁,所有的过去都被风吹散了。

我们稳稳地站着。

第二十章

我在等着朱尼珀村民会议召开。

此时我比以往更加紧张。在发生这么多事之后,这一刻是前所未有的重要。礼堂里嘈杂热闹,我在座位上来回摇晃,手心里是刚刚写上的麦琪的名字。我忽略了在天花板一角那让我痛苦的、闪烁着的灯光。

"现在,"站在讲台上的麦金托什先生显得有些小心,"达罗小姐想为她那已经恶名远扬的运动做一个演讲。有些人可能不知道,艾迪琳一直在游说村民,想要建一个纪念饰板或雕塑,来纪念朱尼珀女巫审判事件的受害者。"他看了我一眼,继续说,"虽然那是很久很久以前的事了。"

可怜的麦金托什先生啊,为朱尼珀的名声操尽了心。我站到讲台上,看着下面一大片带着茫然或期待的面孔。我的家人都在其中,还有奥黛丽和她父母,阿利森老师也在。他们都坐在第三排,鼓励地看着我。

我深吸一口气,目光锁定在琪蒂身上,她对着我眉开眼笑,尼娜也是。

"我叫艾迪,今年十一岁,我是自闭者。"

下面有轻轻的说话声,我继续说着。

"我不害怕自闭,也不为此羞耻。这只是我的一部分,一个自闭者与左撇子或色盲没有什么不同,这只是意味着我们对世界的体验不一样。虽然有些人可能会有误解,但我知道这只是我的一部分。自闭是不能够治愈的,我也不想被治愈,这是我生命中的一个事实。"

我深吸一口气,不让自己去看任何一个人。我清楚地感受到了人们的注意力。

"然而,几百年前,像我这样的人会面临巨大的困难。比起现在,那时的人们会更加不能理解。在那时,与众不同是危险的。"

我快速地看了看麦金托什先生,又再吸了一口气。

"几百年前,像我这样的人可能会被指控为女巫,只是因为和别人不一样。我有时不知道怎样去读懂别人,怎样去搞明白他们的感受,这可能导致误解。有时候从我的表情看不出来我有多开心,我可能看起来不那么好接触,而且我非常容易被欺负,有时候我甚至会相信那些欺凌者所说的话。"

我看着我的手,看着麦琪的名字。

"我姐姐琪蒂也是自闭者。她在接受干预治疗时和另一个自闭女孩儿成了朋友,女孩儿名叫邦妮。但是,在搬家之后,邦妮就再也无力应付了,学业和焦虑让她崩溃了,所以她被关了起来,被那些不了解她需求的人关了起来。无论她怎样请求说她要离开,他们都不允许。他们不相信邦妮,并且认为她不了解自己。"

我吸了吸鼻子。想起邦妮让我感到不安。那个聪明、爱笑的女孩儿,她有过糟糕的崩溃时刻,但她从来都不坏。

"如果有人告诉我,我是一个女巫,如果被这样告诉的时间足够长的话,我可能就会开始相信他们了。去相信坏事而不是好事,这有时候好像更加容易,不是吗?"

一时之间,我忘记了要说什么,只是看着下面的一张张脸。他们好像真的在倾听,尽管我不知道他们是不是真的在听我说话。

"当我听到有人讲起这些女性所遭受的一切,而且这一切就发生在朱尼珀,我的心很痛。她们只是因为与众不同或显得奇怪就遭到杀害,而其他所有人只是任由一切发生并将之遗忘。"

我眼角的余光瞥到麦金托什先生低下头看着自己的脚。

"我不想忘记她们。我希望我们能有个饰板,有一些小的东西,专门用来纪念她们。这也是我们的道歉。"

这本该是演讲的结尾,但我决定最后再多说几句。

"我认为,与众不同是好事,只要不去伤害任何人。我们需要世界上存在各种不同。我知道,有些人以为我是受到摆布受到指使才这样做的。我只能说,如果你认同这一点的话,那你就对自闭女孩儿太不了解了。"

人们笑了起来。

"我马上就要说完了,"我总结道,"但是……在这个问题上,如果每个人都能向自己做些承诺,那就太好了。我也会的!当我们遇到一个一看就觉得奇怪或者与众不同的人,我们应该试着友善一些。对你们一些人来说,我可能是奇怪的人,但对我的家人们来说,我是非常正常的。"

琪蒂、尼娜和爸爸妈妈笑出了声。

"而你们在别人看来也可能很奇怪。但是……虽然你们是神经正常的,而我是自闭的,但我保证,我们相似的地方一定多于不同的地方。"

我看见麦金托什先生在看他的手表。

"我爷爷总是说,在过去,像我这样的人可能不是最善于交际的,也不是最会聊天的,但是,当其他人都围在壁炉旁闲聊的时候，我们却在外面寻找电流。我的自闭就是这样，它是一种电火花。就像鲨鱼，你们知道吗？"我看到我的父母互相对视了一眼，他们也许是在想，我会不会把这个会议变成关于鲨鱼的三小时讲座。

"鲨鱼可以感知生命体发出的电流，这是它们的超能力。但是有人拍了一部关于它们的恐怖电影，把它们塑造成了可怕的存在，而现在每年都有数百万头鲨鱼被杀害。就像女巫一样，没有任何理由。"

我看了麦金托什先生一眼，让他知道我快说完了。"相比之下，我的自闭并不总是我的超能力，有时候它让我过得很艰难。但是当我发现事物中的电光，看到别人可能看不到的细节时，我就超级喜欢它。"

我意识到我已经说完了想说的话，而且感觉很好，不论最后的结果是什么。

"我喜欢现在的自己，很喜欢。"

说完，我回到位置上坐下。人群中先是响起了零零星星的掌声，接着是相当响亮的一大片掌声，声音大到让我要捂住耳朵。琪蒂和尼娜很快地抱了抱我。

一位委员在麦金托什先生耳边低声说了些什么，麦金托什点点头，走向讲台。

"我们现在进行审议,然后表决。"

*

村委会成员在里面商议我的请求,我和琪蒂在村礼堂外等待着。

"还行吗?"我终于问道。

她假装思考了一下我的问题,然后咧嘴笑了:"太棒了!我真为你骄傲。"

我突然又开心又想哭。"我提到邦妮,你不生气吗?"我问道。

我看到琪蒂脸上一闪而过的痛苦。"不,人们需要她的案例来理解。"她呼出一口气,在空气中就像烟雾一样。"你知道的,我觉得,很多人以为成年人里没有自闭者,好像这是我们长大后就会脱离的东西。所以我不生气,我很高兴你提到了邦妮。人们有必要知道,我们还在这里,还是这样。"

我们站在一起,静静地看着朱尼珀这个村子。

"我跟大学请了一个星期的假,要去看望邦妮。"琪蒂最终说道。

"我能一起去吗?"

她笑了,把手按在我脸上。"当然不能啦,艾迪。"

"可是我想告诉她,我今天做了什么!"

"我帮你告诉她,好吗?"

我张开嘴刚想争辩,却注意到奥黛丽在向我们走来。她兴奋地挥着手。

"太棒了!"她不住口地说,同时抓住我的手,上蹿下跳。

我笑了,她的赞赏闹得我头晕眼花。"谢谢。"

"我在里面等你。"琪蒂对我说,然后对奥黛丽笑了笑,走回礼堂。

"我给你准备了点东西。"奥黛丽一边说,一边在她的大口袋里翻找着。

我惊讶地等着,不知道该说什么。

她掏出一本小小的书,兴冲冲地递给我。

我低头看着书名:《苏格兰同义词词典》。

"这是一本袖珍同义词词典,"她高兴地说,"里面包括了苏格兰词。"

"什么!"我高兴地叫喊道,"奥黛丽,那是……我不……"

"没关系,"她温柔地说,"你值得。我很抱歉,这不是你以前的那本。"

"不,这……"我轻轻抚摸着这本小小的书,"这本也一样好。谢谢你。"

她深吸一口气，又说道："我感到很抱歉，对她的所作所为、他们的所作所为。"

"唔，好吧，"我耸耸肩，依然沉浸在词典带来的惊喜中，"我不在乎他们怎么看待我。"

"那你知道吗？"她紧张地笑着，"其实我想过了，我觉得海豚真的很无聊。"

我觉得自己在笑。"真的吗？"

"是啊。我已经看了很多关于鲨鱼的书了。"她冲我笑，带着神秘感的微笑，"我觉得鲨鱼好多了。"

我突然抱住她，我不介意了。这个拥抱既不太紧也不太可控。她也抱住了我。

因为我们是朋友，最好的朋友。

第二十一章

女巫纪念饰板在十月底揭幕。

整个村子的人好像都来看揭幕了,还有一份让麦金托什先生非常高兴的报纸。他在一次讲话中告诉记者,他一直支持这个想法,在知道爱丁堡的其他地方也进行了类似的活动时,他感到非常兴奋。

"现在,我们要特别感谢一个人,也是因为她,这个饰板才能完成得如此之快。"他自豪地向人群宣布。

我扬起眉毛,不知道他会不会在这些记者面前感谢我。

"米里亚姆·詹森夫人慷慨地支付了它的全部费用。"

我惊讶地倒吸了口气,扫视了一眼人群。果然,米里亚姆站在人群外面,靠在她的木手杖上,表情暴躁地在一边旁观。一听到她的名字,她就转身离开了。我不知道我能不能从这多人中间穿过去感谢她。

但她好像已经不见了。

我向后退了一步,呼出一口气。总有一天我会去感谢她的。

"现在,话不多说,朱尼珀呈现了……"

麦金托什先生从容不迫地揭去了纪念饰板的罩布。

人们鼓掌欢呼。他接着说:"朱尼珀丰富文化遗产的重要组成部分!"

人们继续鼓掌。我凑过去看上面写了什么。

"为了纪念在朱尼珀被错误指控为女巫并遭处决的众多女性。愿以这块饰板铭记她们的一生,并承诺不再不容异己。"

我点点头表示满意。我没有得到任何荣誉,但我不介意。过去几百年里,自闭的人可能做了很多事情,却没有任何功劳。这也许是一种成人仪式吧。

我轻声地对麦琪、玛丽和吉恩说再见。我经常想起她们,不过也不算太频繁。看到这块饰板傲然矗立在村中的绿地上,周围种满了鲜花,我因她们一生的遭遇而感受到的悲伤全都得到了抚慰。

我为朱尼珀感到骄傲。我一直很喜欢在这里生活,所有人都知道你是谁，你的家人是谁。我也喜欢村民们共同努力，让村子成为更适合生活的好地方。

现在的朱尼珀很善良，不只是友善。

人们拍手叫好，拍照留念。我向家人挥手告别，然后跑向路的尽头去找奥黛丽。我们要去她家烤酥饼，还要一起做万圣节服装。我们还计划去伦敦旅行，这样奥黛丽可以去看望她的祖父母，我可以去参观水族馆。

对于万圣节，我们已经规划好了当晚的路线：哪家人要避开，去哪家可以得到最多的糖果。

我们准备打扮成女巫！

（全文完）

出 品 人：许　永
出版统筹：海　云
责任编辑：许宗华
特邀编辑：何青泓
封面插画：Kay Wilson
封面设计：万　雪
印制总监：蒋　波
发行总监：田峰峥

发　　行：北京创美汇品图书有限公司
发行热线：010-59799930
投稿信箱：cmsdbj@163.com